骑着鹿
穿越森林

QIZHELU
CHUANYUE
SENLIN

小托夫——作品

北京联合出版公司
Beijing United Publishing Co.,Ltd.

图书在版编目（CIP）数据

骑着鹿穿越森林 / 小托夫著. — 北京：北京联合出版公司，
2018.4

ISBN 978-7-5596-1753-8

Ⅰ.①骑… Ⅱ.①小… Ⅲ.①长篇小说－中国－当代
Ⅳ.①I247.5

中国版本图书馆CIP数据核字（2018）第030811号

骑着鹿穿越森林

作　　者：小托夫
责任编辑：杨　青　高霁月
产品经理：贾　楠
特约编辑：丛龙艳　王周林

- -

北京联合出版公司出版
（北京市西城区德外大街83号楼9层　100088）
北京联合天畅发行公司发行
天津旭丰源印刷有限公司印刷　新华书店经销
字数138千字　880mm×1230mm　1/32　印张7
2018年4月第1版　2018年4月第1次印刷
ISBN 978-7-5596-1753-8
定价：42.00元

- -

人与自然生死契阔 · 王祥夫

　　我没事总是喜欢去教堂坐坐，既没道理也没有什么原因，但我就是喜欢去教堂，常常会在那里一待就是一个下午。教堂里特有的那种安宁可以让我想许多问题。有时候，我还会站在教堂的铸铜大门前看门上的那些浮雕。尤其是国外的那些大教堂，青铜的门上铸的都是宗教故事，人物、城池、战马、河流、山川会像连环画一样在人们的视线里渐次展开，不单单让人耽于幻想，更重要的是让人思考一些世俗的问题，比如生老病死以及天堂地狱。

　　小托夫的小说我读过不止一篇两篇，可以说，他的小说中历史和现实总是纠结在一起，有着说不清的渊源，而大自然与人的情感也总是水乳一样交融着，永远无法分离。小托夫的小说顺畅好看——小说家能做到这一点并不是那么容易——而且画面感特别清晰，一如铸在教堂大门上的浮雕，宁静而铿锵有力。

我的生活中不缺少鲜花和各种绿色植物，但那都是从花店和植物交流中心所购。在许多小说家那里，字里行间也不会缺少花朵的点缀，还会有绿色的森林和如毯的草原，以及野猪、鹿和羊群。但这些大多都是作家笔下的幻象，与这幻象相比，若说到小说中的情感，却往往相对轻如鸿毛。从而，再说到以描写人与大自然生死契阔、难分难离的这种关系见长的小托夫，他笔下的人与自然却总是有着那么饱满的情感。人难以逃离自然，而自然一旦失去人的生花妙笔，也就不过是一个简单的画面而已。比如，《群象的奇袭》中的那群大象，其对人类的愤恨，绝不是简单的画面就可以表现清楚的，非要诉诸笔端不可。我以为，小托夫小说的魅力就在于，他的每篇小说都有着十分饱满的情绪，这也许与他长年东奔西走和耽于幻想分不开。他的幻想，只有在与记忆中的画面完成更为鲜活的融合时，才能彰显出它独特的意义，其小说的意义也便在这里。

我们既然远离而且破坏了我们赖以生存的大自然，重返大自然便成了当下一个十分重要的话题。小托夫可以说是一个以自己的文字守望大自然的年轻作家，或者也可以说他是一个重返大自然的记者，一位年轻的，似乎不可能再年轻的记者。他来到这个世界以后，小说便有了崭新的意义。我一直很想看到小托夫到处漫游时的笔记和日记，可惜这一切都已经被手机短信和电脑文件代替，只需轻轻一删，便什么都不复存在。我们现在很难看到作家们字斟句酌手写出来的稿子了，这真是一个时代性的遗憾。

读小托夫的小说，你不会在其中找到更多深奥而让人有负重感的哲学思考，如同加缪的小说《局外人》所展示的那样。读小托夫的这部长篇小说，你会听到的是更加鲜活地从他内心深处发出的呐喊或者喟叹。读他的小说，一页一页地轻轻翻，每一页都满怀着小托夫对大自然的悔过和爱怜。那青草的味道，那慢慢从森林里走出来的鹿群的剪影，再过若干年，也许都将如同珍宝，而且不可复现。

小托夫的小说让我想到他与自然、人类与自然的关系，又让我想到梵高——梵高笔下的草垛，梵高笔下的星空，梵高笔下的繁星般的花朵，是艺术之笔让这些东西有了不朽的生命，从而永远焕发着它们动人的风姿。小托夫在中国，可以说是作家中最年轻的成员之一，但我总是以为，他像一切真正的艺术家一样，一生下来就已经很老了，一落地就已经八十岁了。天赋如此，谁能解释？面对大自然，我以为，他的内心比成年人还要成年，这就是我喜欢他的小说的最终原因。不为哲学，不为政治，不为理想，更不可能虚饰，也不抨击什么和美化什么，作为一个作家，他只用自己的心与双眼，忠实地看待这个世界，这就是小托夫的好。草木及动物在他笔下皆平等，皆有灵性，他把自己的情感与生命和自然万物放在了一起。就这一点，我想对刚打开这本书的读者说，我读这本书的时候，往往觉得自己就在森林里，就在河流旁，就在群山之巅，这真是一种美好的感受。

一个年轻人面向自然万物的虚构加上非虚构的倾述，这就是小托夫的小说，也是我们应该认真读一下这本书的理由。我们应该明白，在这个世界上，我们每一个人都与大自然生死契阔。我想，这也是小托夫小说的用意和精神所在。或者可以说，小托夫的小说升华了人类对大自然的情感。

　　是为序。

2017年12月30日

于珊瑚堂

目　录

第一章

妮娜酒馆

* * *

壁炉里火光渐渐暗下来，屋里又冷了些。哈库在出门之前往自己身上套了一件水獭皮冬袄，然后在炉边的桦子堆里拣了几根柴，丢到了炉膛里，以保证火势的持续，以及屋内的温暖。年仅十岁的小巴图害了感冒，吃过晚饭和感冒药就早早睡下了，哈库在他的棉被上又加了一层羊毛毯子。巴图正是嗜睡的年纪，加上感冒引起的困倦，脑袋一沾枕头，他就入睡了。随后，哈库走出屋外，零下二十度的寒气扑面而来。放眼而去，旷野被淡蓝色的夜空所笼罩，大地则披了一层白色的雪毯。冰原镇的冬天只有一种颜色，那就是亘古如一的冷白色。

哈库向着镇子里走去。这时候，镇上的酒馆开始汇聚人气。

冰原镇坐落在中俄交界处临近的原始森林中，虽然隶属中国，但地处偏僻，很不为大多数国人所熟知。这里的人早先是靠着打猎和驯养驯鹿生存的，千百年来在森林中过着游牧生活，但十多年前这种情况发生了变化，森林中的猎人接受了政府的倡导，放弃了游牧生活，迁居到山下，在冰原镇安居。后来政府着手开采森林资

- 2 -

源，冰原镇的人现在都靠伐木为生。靠山吃山，靠水吃水，这里也不例外。伐木业在最近这些年里繁荣发展，伐木是当地居民最主要的谋生方式。最近，有小道消息称，政府即将禁伐。

此刻是下午四点，在冬天的冰原镇，此时已算入夜了。

哈库住在镇子的外围，毗邻一座山岭。房子是他自己动手盖的。住在这里的只有他一户，他喜欢清静，也没觉得孤单。但入夜后就不一样了，他好喝酒，每晚都要去妮娜酒馆喝个痛快。妮娜酒馆是以老板娘妮娜的名字命名的，平常都是她一人经营、照料，她男人瓦沙也由她照顾。前几年瓦沙喝酒喝得中风，结果手脚都变得不灵活，妮娜不让他再去伐木，说她能靠着酒馆养家。瓦沙心高气傲，不愿被人看作吃软饭的，每天照样斜着身子跟着工友去伐木。他的动作慢了，只能按照半个人的劳动力拿工资。后来出事也是因为他的手脚不灵活，动作慢半拍，没及时躲闪，他被一棵伐倒的桦树砸坏了身子，从此瘫在炕上，不能行走。他瘫倒的那一年是二十七岁，这三年来吃喝拉撒全靠妮娜伺候。他、妮娜、哈库，都是同一年生人，今年三十岁。

镇上传言哈库和妮娜背地里好上了。

哈库掀开酒馆的门帘，屋内蒸腾的热气直往外涌。

妮娜正在给客人斟酒，看到哈库进来，她的嘴角不经意地露出一抹笑意，向靠窗的角落努了努嘴，示意他坐那里。那里有一张台面空着的双人桌。哈库环顾一眼，人不多，都认识。有的看到哈库了，开始打招呼，邀请哈库过去坐。哈库笑着谢绝了，继续向那张双人桌走去。在哈库落座之前，妮娜赶了过来，替哈库取下肩上的水獭皮冬袄。她把冬袄挂在墙上的木钉上之后，才把左手擎着的托盘放在桌上。托盘里有一只空杯子和一壶麦啤。妮娜知道哈库的口味，所以不用哈库开口，她就知道他要喝什么。

妮娜在哈库对面的空座上坐下，给他把酒斟满。

"巴图的感冒好些了？"妮娜关切地问。

"没大碍了。"哈库说。因为吸烟太多，他的嗓音有些沙哑，时不时会干咳几下。

妮娜笑着点点头，似乎放心了。

哈库从口袋里掏出一撮烟草，倾倒在一张纸片上。他遵循父亲和祖父的传统，只抽卷烟。他抽不惯商店里出售的那些厂烟，直到现在，他依然喜欢抽卷烟。

"你的喉咙不舒服，就先不要抽了嘛。"妮娜略有不满。

哈库苦笑着摇摇头，眼中充满愁绪和无奈。

妮娜重重地叹息一声，从哈库手中夺过卷了一半的烟卷，替他卷了起来。她卷起烟卷来很有一套，近年来，她一直为他干这事儿。酒馆打烊之后，或者白天闲暇的时候，她就卷烟卷，一根根饱满的烟卷，被她整整齐齐码在一个小盒子里，一有机会，也就是没人注意的时候，她就会把这个小盒子塞在哈库的大衣口袋里。

哈库接过烟卷吸了起来，同时把杯子中的酒一气喝下，然后把空杯子放下。妮娜再次给他添满。

"有什么新消息吗？"妮娜说，"现在镇上都在传，要禁伐了。"

"是有这么个事，但具体要到明年开春才知道。"

"那怎么办？要是真的禁伐了，难道大家还要回山上养鹿、打猎？可是猎枪早都收上去了。"

"你不用担心我，我不会饿到的。"

"要真是那样，你就来我这里当帮工吧，我缺个人手。"

"那怎么能行呢？到时不知镇上人背后该怎么议论了。"

"现在就不议论了？他们闲得没事干，嘴上唾沫不能干。总之我不怕，我们又没做什么不正经的事，让他们爱怎么说就怎么说吧！"

窗户的蓝色玻璃上结了一层冰花，哈库拿袖子擦了擦。外面又下起了雪，洋洋洒洒。哈库说："下雪了。"

妮娜赌气似的站起来："天天都下。"说完，她端着托盘转身回柜台去了。

妮娜一走，路平就坐过来了。路平是个汉人，个子瘦削，披着一头波浪长发，他是第一批到冰原镇务工的外地人。他是个爱好诗歌的工人，不管天气多冷，总是穿着那件浆洗得发白的牛仔外套，胸前的口袋里别着一支圆珠笔。他最初是建筑工人，来冰原镇修建房屋，后来就留了下来。现在他和大多数当地人一样，从事伐木。他时常给哈库以及其他工友在伐木工地上朗读他写的诗。工友们似懂非懂地鼓着掌，哈库却总皱眉头。路平私底下问过哈库为啥皱眉头。哈库说，听不来诗歌，太奥妙。事实上，哈库是听不来路平写的诗歌，他觉得路平的诗太过矫揉造作，太多华丽辞藻，缺少一种能真正打动人的朴实。冰原镇上有一家小书店，自从认识了字，哈库就常去光顾，时不时还会买上一两本带回去。这种做法给哈库的文字鉴赏力打下了基础。当然，那是以前，二十来岁的时候；现在，他和大多数人一样，几乎不去书店了。

蓝莓算得上当地的一种特产，每年十月份成熟，每到这个季节，妇女们都会挎着篮子去山林里采摘蓝莓，然后带回来拿给妮娜做交易。妮娜会把这些蓝莓制作成一种口感很好的蓝莓酒，在酒馆里出售。只是这种酒价要高一些，喝的人不多。路平坐过来的时候，手里就拿着一杯蓝莓酒。他喝了一小口蓝莓酒，舔舔嘴唇，把杯子放下，盯着哈库看了一会儿。哈库把烟灰弹到烟灰缸里，从口袋里掏出一张纸片，又在纸片上放了一撮烟草，接着，他把纸片推给路平。

路平摇摇头，摆摆手："别给我，我抽不来这个。上次你给我那根，我抽了两口，嗓子着火似的，疼了两天。你别想让我再抽你的烟。"

哈库把纸片拿回来，双肘靠在桌上，给自己卷第二支烟。路平这时从口袋里掏出一盒杂牌烟，抽出一根，吸了起来。

"明天有一场拳赛，"路平说，"你参加吗？"

"什么时候？"

"老时间。"

哈库考虑了一下，点了点头。

"那就说定了啊，一定要去。我要靠你赚一把。"路平开心地说。

镇上另外一家酒馆——塔吉克酒馆，会不定期举办拳击比赛，获胜者会得到一笔赏钱。路平总是落败，被揍得鼻青脸肿。后来他退居二线，不上擂台了，专在场下押注。他在哈库身上下过几次注，赚得了一些，所以，后来每次哈库参赛，他都要在哈库身上押几注。

"你把猎弩借我用用吧。"哈库说。

"怎么，你的呢？"

"我的坏了。弩丝断了。"

冰原镇的居民依然保持着打猎的习俗，虽然猎枪早几年被没收了，但这种习俗并没有完全消失。不少居民拾起了更古老的打猎工具——猎弩，就连路平这个外地人都耳濡目染，制作了一把猎弩。这一切，镇政府看在眼里，但没有严令禁止，猎民们的猎枪已经被没收了，对比起来，猎弩并不算什么，只要不危及保护动物，就没有大碍。镇政府通常睁一只眼，闭一只眼，这种人性化的做法获得了外界人士的广泛称赞。尤其是文化界，他们认为，这样一来，在不违反国家规定的大前提下，多多少少保留了当地人传承了千百年的狩猎文化。

"好嘛，你空了来取吧。"路平说，"我的成天不用，都快生霉了。"

"我后天来取。"

"后天？"

"嗯。"

"后天怎么能行呢，还要去林地上工，你要缺工啊？"

"嗯，你就说我病了。"

"你这么壮实，说你病了，谁信啊？！"路平说完，哈哈一阵笑。

哈库也笑了起来。他确实不善于撒谎。

哈库的好体质，不在于高大威猛，而在于精干。他没有一丝一毫的赘肉，肌肉线条优美，同时又充满惊人的爆发力，但这些都隐藏在他厚实的衣服里，从他的面目上，看不出分毫。他性格内敛，喜欢安静，不太合群，只有少许的几个朋友，路平是其中之一。

"那怎么说？"哈库向路平讨教。

路平眼珠一转，想也没想就说："我自有办法。"

"你把猎弩放在你屋后的雪窝子里，我好找。"

"好嘛。"

第二天晚上，哈库要参加塔吉克酒馆的拳击比赛，路平准备比以往多押几注，而且全押给哈库。他可不想失算，失算了就满盘皆输，也就是说，一旦输了，就会失去半个月的工资。他这一次有点儿冒险，即便是哈库，也不是常胜的，总有失误、不在状态或者背运的时候。路平为确保万无一失，点了一份熟烂的卤牛肉，给哈库当下酒菜。妮娜把一碟牛肉端上来时，哈库去翻口袋里的钱，妮娜说："这是路平点的，你找钱干吗？"

哈库不想亏欠谁，押注是一回事，请吃牛肉又是一回事。如果两不相干，那倒没什么；如果两者之间有了联系，比如说，如果请吃牛肉是为了给押注的成功增添砝码，这就会让哈库浑身不自在。无功不受禄，哈库没有想这么多，但他就是这种心理。

哈库把钱递给妮娜。妮娜不接他的钱，反倒接了路平的。

妮娜看着哈库，解释似的说："我不想你落败。"

路平笑着揉了一把愣住的哈库，说："看到没，妮娜姐都说了。你这回必须赢，不能输，不为我，也要为了妮娜姐。"

不等哈库去反驳，妮娜就开口道："老实喝你的酒，喝酒也堵不住你的嘴。"

路平说："哎呀，我喝，我喝。"说着把杯中的蓝莓酒喝下一半。

妮娜离开后，哈库把钱转而递向路平："这钱你拿着。我不能让你花钱，我会有压力。"

"什么花钱不花钱的，不就是一碟牛肉嘛。"路平不接，故意把眼睛眨一眨，意味深长地说，"况且，咱妮娜姐也说了，不想你落败。她就是要给你一些压力嘛，好让你打起精神，认真对待。对了，布尔特也会参加，他的拳头可不容小视，你一定要当心他。被他打中一拳可不是闹着玩的。维奇上次被他打到左腮，现在半边脸还肿着呢！"

"既然布尔特这么厉害，你为什么还要押我赢？"

"虽然你的拳头不如他的重，但你的脑子比他的灵活。拳击嘛，不光靠拳头。"

哈库曾和布尔特交过手，一胜一负，布尔特的力量他是亲身体会过的。布尔特的绰号叫"熊瞎子"，可见他的力量之大。哈库心里知道，和布尔特交手，不能拼蛮力，那样胜出的概率几乎没有。只能与他斡旋，突破他的心理防线，接着见机行事，乘其不备来个致命一击，这是哈库根据和布尔特的两次交手总结出来的经验。

"要禁伐了，你知道吗？"路平问道。

"都这么说，但还没看到布告下来。"哈库说。

镇上人都在关心此事，谈论此事，仿佛禁伐后，大家就没法儿过了。哈库很冷静，对此事一点儿都不热心。不是他不在意，而是他觉得，无论未来是否禁伐，都会有新的出路的，没有镇上人想的那么可怕，似乎一禁伐，大家就都活不成了。大家忘了一点，当初政府收缴枪支的时候，很多人都觉得没活路了，跑到山里躲藏起来。后来政府收了枪，大家不靠打猎维生，而选择伐木了，不是照样生活得好好的？现在的禁伐和当初的禁猎一样，是又要换一种生存方式。但说到底，只是换了一种生存方式而已，最基本的生存问题，无论如何都会解决的。

"布告会下来的，春上就能下来。"路平说。

"快了。很快冬天就过去了。"

"哈库，你老实说，你愿不愿意禁伐？"

"愿意，我觉得禁伐是好事。我们的祖先千百年来生活在森林里，人们称我们为'森林之子'，而我们却每天都拎着电锯毁坏森林。如果有更好的办法，我会第一个丢下电锯。"

"我可不这样想，如果禁伐了，我不知道我还能做什么。我倒是觉得伐木挺好的，茫茫山林里，只有我们这些伐木工，人手一把电锯，看着一棵棵树木倾倒，那感觉就像上战场杀敌，实在痛快。"

"你不是在这里长大的，不是在森林里长大的，你对森林没有感情。"

"没错。"路平说，"我对森林的感情是不深，我才来了十来年，不像你们，从小就生活在森林里。你对森林的这种感情我是体会不到，但我能够理解。真正能让我感兴趣的是一些好耍的事情。如果我有些学问，我就不在这里干苦力了。建筑也好，伐木也好，在我看来，都算苦力。只有捏住笔杆子讨生活，才算得上好耍。可是我没啥学问，这辈子是没戏了。"

"你会写诗啊，多少也有些学问。"

"写诗？"路平摇摇头，"不行。我那些诗质量还不行，寄出去不少，没有一家诗刊愿意发表。说来不怕你笑话，我都快三十岁了，处女作还没发表呢。"

说到这里，路平猛吸一口烟，冲着桌子一角吐出来。他一动不动，盯着那个桌角，似乎陷入了沉思。哈库也不再说话，他想不通路平把写诗作为精神寄托是好是坏。两人都沉默了，各自喝酒。路平把杯子里的酒水喝光，又叫了一杯，这次不是蓝莓酒，而是度数很高的白酒。蓝莓酒偶尔喝一喝就好，因为蓝莓酒的价格不是一个普通的伐木工所能消费的。哈库的酒也喝完了，他准备再要一壶麦啤。路平要帮他点，要请他喝麦啤。哈库不愿再让路平掏腰包，自己抢先付了钱。

当着众人的面时，妮娜会接下哈库给的酒钱，以免左邻右舍说三道四。但在私底下，或者酒馆没有外人的时候，妮娜从来不收哈库的酒钱。哈库一开始很不适应，觉得妮娜也挺不容易的，独自撑起一个摊子，外要经营生意，内要照料丈夫，很辛苦。但妮娜的脾性他是了解的，她是那种精明能干、说一不二的女人，如果她对你好，你接受就好了，推三阻四会被她认为你不领情。她不容易生气，但在这种事上尤其固执，你不接受她的好意，她就会大为光火。

妮娜给他们端上酒后，还端来了一盘炒松子。

路平眼疾手快，指着松子故意说："妮娜姐，你送错桌了吧？我们没点松子。"

"免费送的，给你俩下酒。"妮娜说。

路平从盘里捏起一颗松子，放在嘴里嚼，边嚼边笑，最后忍不住说："看来和哈库一块儿喝酒就是好，还能吃到免费的松子。"

妮娜听了，先是一惊，随后脸颊发红，一直红到耳根。她心口突突地跳着，害羞地左右看了看，那些酒客都在喝酒，大咧咧地谈笑，没有人注意到他们的谈话。她转过身，待脸上的红潮逐渐褪去，她拿手背在路平的后脑勺拍了一下，说："不要乱讲，给你吃松子还那么多话。"

路平不依不饶，说："我来这儿喝那么多次酒了，从来没吃到免费的松子，这次和哈库一块儿喝酒，就给吃到了，难道不是沾了哈库的光？"为了不让妮娜显得尴尬，路平有意压低了声音。

妮娜佯装生气道："哼，我还没给你算你欠下的酒账呢！"

路平立即讨饶："妮娜姐，我闭嘴，闭嘴。"说着便捂起嘴巴。

妮娜穿着一件淡红色的带围脖的毛衣，她把袖子卷起来，扬起右手，作势要打他："下次再这样说，可饶不了你。"

路平赔笑着说："不用你出手，哈库就把我摆平了。"

妮娜偷眼看了看哈库，没想到哈库竟配合着点点头。这让妮娜很欣慰，她收回手，冲着桌上的酒杯、酒壶示意："你们慢慢喝着，我先去忙了。"

妮娜离开后，路平说："妮娜姐人真不错，你要好好珍惜呀！"

他说这话时，哈库正在喝麦啤，呛得酒水差点儿吐出来。

哈库用衣袖擦擦嘴角，解释说："还没到那一步。"

"她男人瓦沙已经不顶用了，成了个不折不扣的木头人。妮娜姐现在和守活寡有啥区别？"

哈库说："名不正言不顺的算什么？我能等。"

路平说："你要等到何时？等到妮娜姐拄上拐棍儿？"

哈库没回答他，把酒壶中剩下的麦啤推给路平："你慢慢喝吧，我先走一步。"他取下挂在墙上的水獭皮冬袄，穿在身上。

"哎，别忘了，明天晚上，塔吉克酒馆的拳赛。"路平在他身后喊道。

哈库走到门口，回过头用目光搜寻妮娜。妮娜此时正在吧台内侧擦洗杯盘，她抬起头，看到哈库要走了，便笑了笑，目送他离开。哈库推开厚重的棉布门帘，走到了室外，顿时如入冰窟。

哈库裹紧冬袄，嘴里叼着烟，走上冰原镇的主干道。雪没停，而是越下越大。路上本已经融化的积雪此时重又堆积起来，踩上去嘎吱嘎吱响。一路上没有什么人，只有几户晚睡的人家还点着灯，沿途的塔吉克酒馆里传来沉闷的嘈杂声。隐约能听到远处的桦树林里尖利的猫头鹰的叫声。哈库边往回走，边回想着路平刚刚说的那番话。他明白自己是多么渴望得到妮娜，日日夜夜，无时无刻，他都渴望得到她，拥有她。可是，他骨子里祖辈们留传下的正派的因子总会在最关键的时候占据主导，挤掉他头脑中不安分的想法。他知道，若想心安理得地得到妮娜，除非瓦沙去世。妮娜不愿抛弃瓦沙，不管瓦沙算不算得上一个完整的男人，她都不会抛弃他，这是近十年的夫妻感情结下的坚固的晶块，不是那么容易打破的。妮娜是这样想的——在不抛弃瓦沙的前提下，与哈库私下来往。依哈库的性子，他肯定不愿这么干。所以，三年来，虽然镇上流传着哈库与妮娜的不雅言论，但事实上，二者是清白的。除了在精神上互相爱慕，在生活上互相帮助以外，到目前为止，他们俩连一件有违道德的事情都没有做。

第二章

寒 夜

***

哈库有时候会幻想，如果没有瓦沙挡在他和妮娜中间该有多好！有时候他会责怪那棵桦树，不往左倒不往右倒，偏偏往瓦沙身上倒，不然也就不会带给他这么多困扰，让他饱受煎熬。他有时候还会冒出一些不好的想法。他想，与其现在这样，还不如当初那棵桦树砸在自己身上，或者砸在瓦沙足以致命的部位，这样就不会徒增那么多烦恼了。但很快，他就意识到这种想法非常阴暗，为此感到内疚。他怎么也想不到，自己竟然会有盼望瓦沙死掉的这一天。虽然他极力克制，但这种想法还是会时不时在他心情十分低落的时候悄然冒出来。

怎么会这样？怎么会有这种卑鄙想法呢？哈库想不通。

哈库和瓦沙以及妮娜，从小就和部落里的人生活在森林里。他们三个打小就认识，因为他们都生活在同一个营地。他们的祖祖辈辈都生活在深山里，是靠打猎、放养驯鹿为生的游牧民族。他们三家的营帐依次相连，他们三个在同一年春天出生。在哈库的记忆中，那时的春天是冰冷也是温暖的，虽然寒意还未完全退去，但积雪已经开始消融，湖上的冰块开始变薄，布谷鸟的叫声响彻整个夜晚，雪地里的草芽也开始往外冒。哈库四岁之前的记忆，已经模糊不清了。但四岁之后的事情，他还记得很多。那时似乎春天一到，部落里的人们就很开心，话也变多了。人们整日围坐在篝火边，聊天，开玩笑，吃肉干，喝烧酒，坐到很晚很晚，才回到各自的营帐里休息。大人们围坐在篝火边谈笑，孩子们就在人群里躲藏、打闹。玩累了的哈库总是被母亲搂在怀里，母亲的怀里有一股亲切的味道，那股味道，直到如今，哈库依然熟悉。

被母亲抱在怀里摇着晃着，哈库感觉自己就像一只轻盈地飞在半空的鸟雀，耳边是母亲哄他入睡时常常轻声哼唱的曲儿，不知不觉就睡着了。妮娜和瓦沙爱捉弄他，趁他睡着，就跑过来，捏他的鼻子，一连几次，哈库终于被捉弄醒了。哈库醒来后很生气，就去揪他们的小辫子。那时瓦沙也留了一条小辫子，像个女孩似的，也爱哭，一被抓住辫子就哭起来。瓦沙本不想捉弄哈库，但妮娜有号召力，像个小小的指挥官。她指派瓦沙做什么，他就要做，他不敢违拗她，也不想违拗，他只得听从她的。即便有时候，妮娜指派瓦沙去做他不情愿的事情，比如捉弄哈库，瓦沙也会选择顺从。因为得罪妮娜和得罪哈库相比，后者显然不及前者对自己的影响大。妮娜在三人中最大，她出生得早，比哈库早十天，比瓦沙早一个月，总是以姐姐自居，把他们两个当小弟弟看待。她什么都敢干，领着他们俩像初生的牛犊似的，在部落里横冲直撞，令大人们乐不可支，令同龄的孩子闻风丧胆。

有一件事哈库记得特别清楚，起因好像是为了争什么东西，已经六岁的胖乎乎的伊兹占着分量与个头的优势，把瘦弱的瓦沙一把推倒在地。他骑在瓦沙身上，用身体的重量把瓦沙压制得无法动弹。他用那两个肥厚的拳头去砸瓦沙的面颊，瓦沙用胳膊挡着头部，可是没用，瓦沙的力气在伊兹那里根本不算回事儿。伊兹一下把瓦沙遮挡在头部的胳膊扯开，继续挥舞着拳头，朝瓦沙的脸上吐口水。虽然边上站着几个大人，但没一个站出来拉劝，他们觉得，小孩子之间的打闹是一种必要的锻炼，更有益于他们的成长。大家都认为，经受挫折之后，孩子们才会变得更坚强、更独立，才能走向成熟。森林里的法则就是如此，没有人会瞧得起弱者。

就在大伙儿都笑着观战的时候，妮娜看不下去了。瓦沙的哭声勾起了她的保护欲。她觉得自己不能再袖手旁观。她走过去，拍了拍伊兹的肩膀。伊兹正在气头上，看也不看就一把甩开妮娜搁在他肩头的手臂。他无意间一瞥，发现站在自己身后的是妮娜，脸色顿时一沉，掠过一丝不易察觉的慌张。妮娜在孩子间的权威他是再清楚不过的，可以说，妮娜称第二，别人就不敢称第一。不过，眼下这么多人围观，他也不能示弱，否则往后会被孩子们嗤笑。虽然他早已听闻且见识过妮娜的厉害，但从未与她真正交过手，说不定她只是徒有虚名罢了。他把心一横，决心逞强到底。伊兹想，妮娜毕竟是女孩子。

"松开他。"妮娜压着火气，声音听起来还算平和。

"凭什么松开？"伊兹说，"你要我松我就松啊！我凭什么听你的？"

"你没听见他哭了吗？"妮娜以为这个理由已经足够了，伊兹会顺着台阶下，没想到伊兹正为自己的强势沾沾自喜，根本没有退让的意思。

他说："哭的都是女人。"

他又指着身下的瓦沙，讥讽道："他不是男人。我父亲说，我叔叔也说，只有女人才哭。男人是不会哭的，哭的都不是男人，是孬种。"说完，他吸口气攒足口水，一口吐在瓦沙的脑门上。本来已经哭声减弱的瓦沙，此刻放声大哭，边哭边用手背去擦眼泪还有脑门上那摊明晃晃的口水。

妮娜攥紧拳头。她心底最后一根忍耐的弦就要崩断了。

妮娜再次把手放在伊兹的肩头，抓着伊兹的衣服。这一次，妮娜的手劲有点儿大，她是在最后一次警告伊兹松手。伊兹处在兴头上，已经不把妮娜的警告当作一回事了。他挥手打掉妮娜的手，又不耐烦地推了她一把。这一下彻底把妮娜激怒了。妮娜冲上去，用胳膊勒住伊兹的脖子，硬生生把他勒倒在地，不给他任何反抗的机会，一只膝盖跪在他的胸口上，使他的身体动弹不得。另外，她的两只手也不闲着，一只手死死地揪住伊兹的头发，使他的头被牢牢按在地上，她抽出另一只手，对伊兹的脸颊猛扇，抽击声令人惊心。这一切发生得太快、太利索了，大家被妮娜惊人的气势震住了。妮娜出手太快、太果决，伊兹连反抗的机会都没有，就被妮娜教训得失去了斗志。他只能祈祷妮娜下手别太重，或者及时停下来。但正在气头上的妮娜哪会轻易饶过伊兹，直到他哭得上气不接下气，被揍得鼻青脸肿，妮娜才松手。

从此，伊兹见到妮娜就点头哈腰，瓦沙更是对妮娜唯命是从，就连哈库，也对妮娜心服口服。那年妮娜五岁，打败了六岁的伊兹。大人们见到妮娜，都笑嘻嘻的。他们都听说了这件事，觉得妮娜这个小姑娘了不得，很可爱，很有出息。孩子们见到妮娜，目光里带着崇敬。即便是比妮娜大好几岁的孩子，也不敢招惹妮娜，他们知道妮娜不是好欺负的。

几十年过去了，想想现在的妮娜，哈库不禁笑了起来。她已经是个温柔贤惠的小妇人了，这一点哈库万万没想到。时间在人身上引起的变化，十分神奇。但时间真的能彻底改变一个人吗？也不会。就拿妮娜来说，虽然她现在言行举止都很得体，几乎不对人动怒，但她坚强隐忍、仗义负责的本质从来没变过，以前没有，现在没有，未来也不会。

至于伊兹，哈库一想起他就有些悲伤。伊兹去世很多年了，如果他还活着，会是怎样的呢？实在想象不到。在哈库的记忆中，只有到他十岁时的面貌，手脚和脸蛋都是胖乎乎的，往后的就没有了，因为他十岁那年被狼群分食了。

哈库走到自家门口，收住脚步，把嘴里的卷烟丢在没过脚踝的雪窝子里。这是他离开酒馆后一路上抽的第三支卷烟。他的喉咙火烧火燎的，干疼不已。虽然屋里的火炉上烧着茶水，但他此刻更想喝点儿凉的东西，润润焦渴的嗓子。他弯下腰，用手背拂去最上面那层积雪，抓起一把雪塞在嘴里。他闭上眼睛，感受着突如其来的凉意。这让他想起了小时候，妮娜和瓦沙也这样干，在冬雪飘扬的日子里，背着大人偷偷吃雪。等到雪在口中融化成水，他一口咽了下去。接着，他又抓起第二把积雪。

连着好几口雪水下肚，他的腹部产生阵阵凉意。他拍打了几下肩背上的积雪，又跺了跺脚，尽可能把身上残留的积雪抖掉。随后，他用钥匙捅开门锁，开门走了进去。巴图没有被门扇的开合声吵醒，他昏昏沉沉地睡着，很显然，他还没有完全康复，疾病让他倦怠不堪。他的呼吸声很重，鼻孔似乎被什么东西堵住了。哈库把门关好，走到壁炉边，壁炉里的火势已经变得很小，但还有余温，屋子里因为炉火散发的热量而十分温暖。他把手烤热，脱下水獭皮冬袄，挂在床头的木架上，然后坐在床畔，凝视着巴图。巴图的小脸通红，上面沾着晚饭的残渣。哈库把手轻轻放在巴图的脑门上，感受到热度已有所减退。明天或许就会好了吧，哈库想。他在床边坐了一会儿，就开始动手脱鞋。他穿的是一双自己做的鹿皮鞋，准确地说，是一双驯鹿皮做的鞋子。现在，冰原镇几乎没人穿这种样式的鞋子了。但在哈库这里，这一传统得到了继承。外界文化的侵入，让很多传统几近消失，更确切也更悲观地说，是荡然无存。在冰原镇，若想找出一个至今还恪守传统的人，那就非哈库莫属。除哈库以外，很难见到一个无论外在还是内里都十分受传统影响的人了。

哈库的裤子也是鹿皮做的，是他母亲给他缝制。每年秋天，他都会从母亲那里得到她亲手缝制的鹿皮裤子。这种裤子自带鹿绒，为了防寒，母亲还在里面加了一层棉料。即使在严寒的冬季，穿上这种裤子也非常温暖。因为每年都会从母亲那里得到两条鹿皮裤子，鹿皮裤子又十分结实耐穿，所以哈库便把多的鹿皮裤子送给路平。路平算是哈库最要好的朋友，虽然他看起来油嘴滑舌，一点儿也不正经，但他的心地是很善良的，哈库愿意和他结交。况且，路平千里迢迢来到冰原镇，在这里无亲无故，哈库既然把他当作朋友，就没有理由看着他缺衣少食——哈库也把多出来的食物分给他。路平从不说谢谢，哈库也不在乎这些。相熟的朋友之间，这些客套已经毫无必要了。

哈库脱下衣服，钻进被窝。炕床十分暖和，被窝也热气腾腾。哈库的被窝就在巴图的旁边，在靠近炕床外围的地方。两人睡在一张炕床上，这样能节省烧炕床的木柴，也省出很多空间。屋里如果摆放两张炕床，会显得很拥挤，让本就不大的房间显得更小。但摆放两张炕床是早晚的事，巴图一天天长大，总有一天会不喜欢和哈库挤在一张炕床上，哈库也明白这一点。但他尽量不去想这件事，毕竟那一天还没有到来，到时再想法子也不迟。哈库躺下后，心里平静下来。他把头转向巴图，巴图还在睡。他收回视线，缓缓闭上眼睛，准备睡觉。他渐渐进入梦乡。就在这时，他听到水壶吱吱的响声，于是睁开眼，看到屋子中央坐在火炉上的水烧开了。蒸汽把壶盖子顶得一开一合，他掀开被子，下床，走到火炉边上，把火炉塞子塞紧。他把烧开的热水倒在一个旧暖水瓶中，那个暖水瓶有些年头了，但保温效果还很好，他一直没舍得丢。水壶里的水第二天要用来洗脸、做饭，他每天晚上都会给暖水瓶装满热水。

哈库提着空水壶走到窗边，窗边放着一只木质水桶。他推开水桶盖，一只水舀子漂在水上，他抓起水舀子，给水壶添满凉水。哈库向窗外瞥了一眼，雪花纷纷扬扬，下得很密。雪有可能后半夜停下来，也有可能下上一整天，第二天也不一定见晴。糟糕的天气在这里司空见惯。哈库唯一担心的是母亲。

哈库的母亲独自居住在山上政府划定的猎民点。最初，猎民点还有几户保守的不愿搬下山来的猎民，但因为各种原因，他们没坚持太久，就陆陆续续下山了。哈库为着妻子和孩子着想，也搬下了山。不过，他们是最后离开的一户。冬天山上天寒地冻，比冰原镇还冷。冰原镇坐落在一片开阔的山谷里，四面的山体阻挡了一部分寒风，相比较而言，没周遭的山岭上那么寒冷。猎民都下山后，山上只剩一户人家，就是哈库一家。哈库只有一个老母亲，他的父亲早些年过世了。母亲五十一岁那年才生下哈库，哈库结婚时，她已经年逾七旬。可以说，她的一生都是在山林里度过的。有一天，政府突然下政策，让他们这些山林里的猎民停止狩猎，走下山来，建立一个集中的镇子。只有少数人觉得这是好事，大多数人对这突如其来的变化无所适从。他们担心猎枪收缴后该如何为生，吃住的问题该如何解决。事实证明他们的担心是多余的，因为政府拨下一笔款项，为他们建造了镇子，也就是现在的冰原镇。而他们的谋生手段也从狩猎和放养驯鹿变成了伐木。

冰原镇建立了汉语学校，所有适龄儿童都可以免费就读。让孩子将来更有发展前途，或是单纯地学习汉语去看看外面的世界，就足以把山上那些保守者吸引下来，毕竟孩子的前途最耽误不得。学好汉语，就可以跟外界更好地交流。为了孩子能有更好的生活和学习环境，哈库在妻子米娅怀孕后，决定搬下山。哈库深知，现在不比从前，学习文化与先进的技能才是大势所趋，作为最原始的一种存在，狩猎文化迟早要消失，或者说马上就要消失了。另外，山上只剩自己一户人家，发生什么事情也没个照应。猎民们都搬走了，妻子米娅连个可以唠嗑的姐妹都没有，还坚守在山上，对于米娅就太不公平了。况且，母亲已经年迈，遇上头疼脑热，山下的医疗条件要比山上强得多。哈库听说，已经竣工的冰原镇有浴场，还有诊所，冬天不光能洗澡，看病也十分方便。

基于这几点，哈库决定，趁着米娅肚子还没隆起来，行动还比较利索时搬家。那年哈库十九岁。思索再三，他把决定和母亲说了，没想到母亲不愿离开。她说，自己活了一辈子，也活不了几天了，就是死，也要死在这片山林里。祖祖辈辈都葬在这里，她不能抛下祖辈们离开。驯鹿是母亲不愿意离开的另一个原因。她愿意守着那片广袤无际的山岭，守着几十头大大小小的驯鹿。离开山岭，驯鹿是养不活的。曾有猎民把驯鹿带到冰原镇圈养，可是，每隔几天就会有一头驯鹿死去，没过多少时日就一头也不剩了。人们这时才相信，驯鹿是森林里的精灵，精灵离开了森林，是生存不了的。

哈库左右为难，他总不能撇下母亲不管啊。

哈库的母亲名叫依苦木，生于二十世纪四十年代初。她是这支部落里最后一位萨满。她一直信仰萨满文化，坚信自己能给部落带来平安和吉祥。溪水涨了又落，落了又涨，时间在缓慢流淌。后来，她发现自己在部落里的地位越来越不重要。除了婚丧嫁娶偶尔有人来请她出面之外，其他重要事情发生时，已经没人来请她了。她的营帐变得冷冷清清。虽然大家依然对她保持着敬意，可是，她知道自己已经是部落里最后一位萨满，将来不会再有新萨满，萨满职位的传承在她死后就会画上句号。在她身后，奔腾的历史滚滚而来，又滚滚而去，接着雾霭散去，尘埃落定。

那天哈库一夜未睡，躺在自己的营帐里辗转反侧，身旁的米娅睡得很香，她自打怀了孩子就很贪睡。后半夜，哈库听到一阵窸窸窣窣的声响，他走出营帐，借着明朗的月光，看到母亲在给一只驯鹿绑鞍鞯。那是只高大威猛的公鹿，每当站在山岭上仰起头颅时，硕大而繁复的鹿角便直直插向天宇。那只公鹿旁站着另一只公鹿，鞍鞯已经绑好了。哈库见到眼前的场景，知道母亲是在用行动催促自己离开。

天亮后，哈库与妻子米娅陪着母亲吃了一家人住在山上的最后一顿饭。依苦木的眼睛红红的，像是山风吹的，又像是不久前哭过。哈库鼻尖一酸，一滴眼泪掉落在碗里。他为了掩饰情绪，放下碗，走出了营帐。他走到林子里一棵白桦树旁边，桦树粗大的树干遮挡着他的身影，他背靠在树干上，缓缓坐下去，任眼泪直流。

除了两只绑了鞍鞯的坐骑，依苦木还给另外两只个头小点儿的驯鹿套上了爬犁。爬犁上放着两个叠在一起的大包裹，一个装的是衣物，另一个装的是食物。依苦木把晒干的肉条、在山林里找到的野果、头天晚上烘烤的列巴（面包）、驯鹿奶做的奶酪等食物，都给哈库带上了，自己只留下一点儿。哈库和妻子米娅先后与母亲拥抱告别，哈库紧紧搂住母亲矮小的身体，抑制不住，号啕大哭。依苦木用粗糙干裂的双手轻抚着他的头发，安抚着他。情绪缓和下来后，哈库把米娅扶上驯鹿，自己骑上另外一只。驯鹿很通人性，依苦木只说了声："走吧，孩子，山神会在前面为你引路。"打头的两只驯鹿便迈开了蹄子，那两只拉爬犁的驯鹿紧紧在后跟随。哈库一直回望母亲，悲伤至极，这是他长这么大以来首次离开母亲去一个陌生的地方生活。等到驯鹿翻过一道山岭，母亲的身影消失之后，哈库才收回视线，转过身，看向正前方。他的眼神里有对新生活的渴望，也有对母亲的依依不舍。

"我们会常常回来看她的。"米娅望着哈库说。

是啊，哈库心想，他们还会回来的。后来，无论多忙，哈库都会时常抽出时间，回到山上看望母亲。米娅去世后，他就只能独自或者带着巴图去看望母亲了。

第三章

雪　人

路平起了个大早，太阳的第一束光芒还没划破天际，他就已经洗漱完毕。自打来到冰原镇，他的饮食习惯已经与本地人无异了，他也适应了本地人的饮食口味。路平早餐吃得不多，他认为早餐吃得太饱是一种负担。他给自己冲泡了一杯奶茶，无非是在茶水里加上两块奶酪，他很喜欢喝这种当地特有的鹿奶茶。当然，这要托哈库的福，哈库没少给他送吃喝穿戴。哈库并非对谁都这样，这一点，路平心里清楚。哈库是看重他，把他当作兄弟，所以才这么做。在路平心里，哈库早就是亲兄弟了。

路平来这里有些年头了，他第一次到冰原镇，是跟着一个建筑队来的。那时他还是个毛头小伙子。那时的冰原镇还只是一片蛮荒的山谷。荆棘、松柏、白桦树才是这里最原始的居民。他们来到这里干的第一件事，就是把这片山谷清理干净。包工头是路平的叔叔，他带领着一班房工，受政府委托来这里施工援建。他是个很有本事的人，当时年纪也不大，只三十多点儿，却早早混到了包工头的位置。他不仅很会为人，在图纸设计上也有一套独到的见解。他根据当地独特的地理、气候、风俗习惯等，设计出了既保留浓浓民俗气息又符合当地人日常生活习惯的建筑样式。鉴于当地气候严寒，他在每户的墙壁上都设计了壁炉，在卧室里则加了十分温暖的炕床。他的哥哥，也就是路平的父亲，委托他照顾路平，而他没有别的门路，人脉都集中在建筑业。刚巧他接到一个项目，就是这个冰原镇的建设，他就把路平带上了，想借机让他历练历练。

路平那时候已经毕业两年了，整天无所事事，没钱了就四处找人借，有钱了就去逍遥快活，顶多晚上倚在床头读几首舒婷的诗。他无一技之长，虽然写诗，但一篇也没能发表，更别提靠写诗养活自己了。路平的叔叔觉得路平缺乏生活磨炼，对残酷的现实没有清醒的认知，在路平加入他率领的建筑队后，他并没有立即给路平安排一份很轻松的活计，而是让他像大多数人一样，先从基础干起，做一名普普通通的铲泥递砖的房工。他原以为路平会嫌脏嫌累耍脾气，没想到路平却干得很起劲，没有一句怨言。他本以为路平只是做做样子，过不了几天就会原形毕露，撂挑子不干，让他意外的是，一个多月过去了，路平却依然干得很卖力。

路平的这种改变出乎他的意料，他怎么也想不到路平有踏实肯干的一面。在他的旧有印象中，路平就是好吃懒做最典型的代表。路平勤勉地做着又苦又累的活计，这完全在他的意料之外。他心中疑惑，有一天就问了出来。路平的回答简单至极，他说："我就是喜欢这个地方。"

叔叔又问："没有别的原因了吗？"

路平说："没有了。"

这个回答听起来很令人诧异。一个游手好闲的人竟然出于对一个地方的喜爱而改头换面了？但事实确实如此，路平就是出于对这里的喜爱才如此兢兢业业、勤勤恳恳。在外人包括路平的叔叔看来，这个地方并没有值得称道之处。这里没有高楼大厦，没有璀璨的灯火，没有香车美女，也没有美食佳酿，有的只是数不尽的山岭，数不尽的飞禽走兽，数不尽的荆棘，还有一棵挨着一棵密密麻麻的寒带林木，以及由它们构成的森林，除此，再也没有什么了。

为八十户游牧人家修建的冰原镇落成后，路平的叔叔带着工友们离开了。而路平却留了下来，他为自己在镇子一角建了一间简单的房子。材料钱是他几个月以来的工资，他分文不剩，全用来买砖瓦和泥沙了。叔叔对此举大为不解，离开前，把他叫到屋里长谈，希望打消他执意留下来的心思。

"你留在这个鸟不拉屎的地方干吗？"

路平的回答依然很让他摸不着头脑，路平说："你看过梭罗的《瓦尔登湖》吗？"

"没看过，应该是本名著吧，但和这有关系吗？"

"有。"路平说，"大有关系。"

"你说说，有什么关系？"

"叔叔，你走出来看看。"

路平让叔叔走出屋子。两人肩并肩站在屋外的空地上。

此时已是黄昏，夕阳即将没入山林，大片的晚霞把天空渲染得瑰丽多姿。周围山岭上的植物自打入秋，纷纷披上了秋天的外衣，浅黄色、深黄色、米黄色、褐色、玫瑰色、淡红色，色彩斑斓。

路平向四野放眼望去，眼睛里闪着别样的神采，他有板有眼、一本正经地说："在我看来，这个地方要比瓦尔登湖出色太多了。你看看这周围，看看这些秋天的美景吧。用什么样的诗句来形容都不会觉得过分，再华丽再优美的诗句也无法形容出它的全部美丽来。叔叔，我想留在这里，留在这里生活，你不知道我是多么喜欢这个地方！我从没想到世间还有这么美丽的地方，说实话，真没想到，做梦都想不到。我要感谢你，叔叔，我要感谢你带我来这里。这一趟，我真是来值了，真算开了眼了。这才是我该生活的地方啊！来到这里，我才明白我为何在此之前一直过得浑浑噩噩。那是因为我讨厌外面的一切，那里俗不可耐的人和物让我厌倦，让我提不起兴致来。但这里不同，这里的一切都是纯净而美好的，溪流清澈见底，野果香甜可口，鸟儿翩跹，两公里外那个湛蓝的大湖更是令我神魂颠倒。中午你们午休的时候，我曾去过那里几次，那景致简直让我醉心不已。湖水清澈透明，浅水区可以清晰地看到成群结队的冷水鱼，湖面上有成群的水鸟，微风一吹，波光粼粼，镜子一样平滑的湖面顿时碎裂成千万块，太壮观了，不知道比梭罗笔下的瓦尔登湖要美上多少倍！叔叔，我本想带你一起去湖边走走，可是看你对工作以外的任何事都提不起兴趣，这念头就打消了。叔叔，如果明天你们不急着走，就让我带你去看看吧。"

叔叔微微皱眉，他转过身，看着路平，边摇头边说："景色再美，能当饭吃吗？"

"虽然不能当饭吃，但能让人的心情开朗啊，这在我看来比什么都重要。"

"太年轻，你还是太年轻了点儿。"叔叔拍了拍路平的肩膀。

"不年轻，我就要十八岁了。"

"你只是一时兴起。"

"我不是一时兴起。"

"这么说，你打算住下来了？"

"是的，叔叔。我打算留下来。"

"打算住多久？"

"不一定，我想，如果我一直不厌倦这里的话，我会一直住下去。"

"可是，你有没有想过，是我把你带来的，你留在这儿，你父亲那边我怎么交差？"

路平沉默一下，随后说道："谁都有追求自由的权利，不是吗？我父亲当初撇下我和母亲去追求更年轻漂亮的女人，他做得对吗？两人离婚后，母亲受了很大的打击，一直郁郁寡欢，后来得心脏病去世，难道和我父亲没有间接关系吗？母亲一直好端端的，从来没病过，为什么两人离婚不久她就有了这种病？和他没有任何关系吗？现在母亲已经不在了，我已经无牵无挂。父亲怎么样，我管不着，也不想管。我只知道，我就去做我想做的事情就好了，不用想要做给谁看，更不用考虑这么做要为谁负责。我只为我自己，这样不可以吗？叔叔，我留下或不留下，不需要向任何人交差，在这件事情上，你也一样。"

路平这番话说得他叔叔哑口无言。叔叔突然觉得，侄儿长大了，眼前的路平已不再是从前的路平了。他现在有自己的主见，有自己的一套处世逻辑，基于此，很难再去驳斥他，说服他。路平有自己的路要走，是啊，不管好坏，他都有自己认定的方向。"谁都有追求自由的权利"，这句话有错吗？不管怎样，路是他自己选的，在他刚踏上路途之时，谁能说他选得对还是错呢？

"那么，路平，你真的决定留下来了吗？"

"是的，叔叔。"路平说，"我选择留下。"

"可你知道，即将入住这里的是一支游牧民族，是从山林里走出来的。你确定你可以接受他们的生活习惯、风俗传统吗？"

"我想应该没问题，我会和他们和谐相处，融入他们的生活。如果一个人是真心喜爱一个地方，当然也会喜欢上这个地方土生土长的人。有个词语叫爱屋及乌，我一直不能理解，现在我终于能够试着理解了。虽然还没和这个部落接触过，但我想我会喜欢上他们的，就像喜欢上这里的风景一样。他们也是这片土地的一部分，我理应喜欢上他们。不是吗？"

"如果你想好了，已经有了决定，我没意见，年轻人嘛，当然可以追求自己的生活方式。你父亲那边我会处理好，你不用担心。另外，我想说的是，你叔叔我现如今也算小有成就了，你哪天在这里待腻了，想换个地方生活，可以随时来找我。至于是否真要留下来，先不急着给我答案，你今天晚上睡觉之前再仔细考虑考虑，明天给我回复。"

　　第二天，路平给他叔叔的回复依然没有改变，他留了下来。这一留就是十来年。现在，十多年过去了，路平依然在冰原镇上生活，从没离开过。不，准确说，他离开过一次，去看望父亲。那次，父亲给他来信，信中抑制不住内心的喜悦，因为他四十岁再次喜得贵子。父亲要他届时务必参加那个与他同父异母的弟弟的满月酒席。他应邀去了，毕竟几年没见父亲了，也想借此见上一面。但他很后悔那次出行，回来之后，他再也不想离开冰原镇，再也不想回到父亲的生活中去了。在酒席上，他看到父亲乐得眉开眼笑，陪来客饮酒，喝得烂醉。他失落地坐在一角，心中充满对父亲这种行为的厌恶。再看到那个与大家谈笑的女人——父亲现在的妻子，他顿时一片恍惚，继之而来的就是难以驱散的愤恨与悲伤——那个位置应该是母亲的。他想，这辈子很难再原谅父亲了。当天他中途离开酒席时，谁也没留意。他回到冰原镇不久，收到一封父亲的来信，指责他不辞而别，不懂事体。他没回复，把信丢在炉火里烧掉了。随后几年，父亲照样来信，不过他一封也没回，后来干脆一封也不拆了，把信带着未拆封的信封一股脑儿丢到炉火里，熊熊火苗瞬间把文字、感情、谴责、埋怨吞噬得一干二净。火焰代表着新生，看着那些纸张一页页化作灰烬，他感到自己也在一次次地蜕变着，直至成为一个崭新的自己，和父亲再也没有丝毫联系。父亲后来不再来信了，或许是绝望死心了。父亲没再来信后，有一段时间路平反倒有点儿不适，虽然很不想看到父亲的来信，不想与父亲有任何的纠葛，但他还是隐隐有所期盼。这种感觉没持续太久，等他把关于父亲的一切都抛诸脑后以后，父子俩不再有丝毫往来。

自此，冰原镇成了路平的故乡，也成了他今生今世的落脚点，他再也没有离开这里的念头了，哪怕只是离开一天或一分钟。他成了冰原镇的一分子，在此安居乐业，和镇上男人们一起饮酒，一起开怀大笑，一起结伴去林场上工。他一直没有结婚，有一句话说"婚姻是爱情的坟墓"，他觉得这句话十分贴切，起码对他来说是十分贴切的。他渴望爱情，但不渴望婚姻，他认为婚姻会破坏爱情的美好，他不希望如此。他只想要纯粹的爱情，而不是靠孩子为纽带维系的婚姻。再说，难道有了孩子的婚姻就牢不可破吗？他的父母不就是一个反例吗？！他的身体虽在冰原镇安顿下来了，爱情的种子却长在一个无处可栖的流浪诗人身上，眼前的现实是，冰原镇没有哪个姑娘会不以结婚为目的地谈恋爱。不过，他已经做好了独自白头的准备，他的人生可以没有女人，但不可以没有诗歌，他把心思完全投注在诗歌上头了，诗歌是他心灵深处唯一的慰藉。

他决定毫不手软地修正创作的诗歌，对于那些再怎么修改都没有起色的诗，他准备放弃。以往他没有意识到自己诗作的不足之处，现在意识到了，那就是辞藻华丽，内容空泛，缺少直击人心的力量。不晚，他想，现在认识到这一点还不算晚。还有时间，毕竟他还算年轻。

路平面窗而坐，窗边放着一张桌子和一把椅子。不去林场上工的日子，每天清晨他做的第一件事就是喝鹿奶茶；第二件事就是面窗而坐，看一会儿窗外的景色，吸两支烟，摊开稿纸，写上几行诗。他现在写得不多，写满一页稿纸即停笔，有时候，他只能写半页，比起以往，他写得慢多了，也少多了。他尽可能克制，不用或者尽量少用那些华而不实的修饰词。总的来说，他现在下笔谨慎多了。他清晰地认识到，自己的写作风格正处在转型期，在此期间，不能求快，应先慢慢摸索，等到某些规则与技法烂熟于心后，才能较快较完美地写出满意之作。他目前在写短诗，以前他写过长诗，但此刻看来都不尽如人意。在诗歌创作上，他有一定的野心。他想在有生之年写出一首尽善尽美的长达千页的诗，在诗句中融入爱与美、驯鹿与石蕊、桦树与苍松、碧蓝的大湖与涓涓细流、鸟雀与飞蛾、蘑菇与野果、鸢尾与百合，还有獐子、狍子、灰鼠、猎人、山岭、桦皮小屋、林场、工人、伐木声，当然，还有四季轮回中的冰原镇，以及镇上的酒馆……概括说来，也就是这里的一切，他要把这里的一切都付诸笔端。他知道他现在还驾驭不了这么庞大的结构，但不急，总会有水到渠成那一天。看着自己近来大为改观的诗句，他意识到自己有了长足的进步，也相信自己会写得越来越好，正像他相信太阳每天从东方的山岭上升起一样。

路平写完一页稿纸，就搁下笔了。他给自己点上一支烟，翻看起一本诗集。因为诗集字数少，分段多，他看得很快，用不了一上午就能看完一本。如果是一本不错的诗集，看完一遍后，他还会再看第二遍、第三遍，往后一遍比一遍读得慢、读得细。他通常会手里拿着笔，在书页句子间圈圈画画，时不时写下几句批注。路平把烟灰弹在一个旧茶缸里，那个茶缸经常盛满烟灰。路平时常琢磨，假如把缸子里的烟灰倒在窗台上那盆植物里，是会令植物长势更旺呢，还是会把它烧坏？

临近中午时，路平的胃囊开始索要食物，他需要吃一顿饱饭。哈库给他的腊肉还有一些，他可以掺着野蘑菇炒一盘肉片。至于主食，他和镇上人一样，吃起了列巴——一种放在烤锅上烤出来的扁形面包。他有一张圆形的餐桌，是从镇上的木匠那里买来的，有点儿小，但他一个人吃饭用正合适。他把野蘑菇炒腊肉片端上桌，一只手拿着列巴啃着，另一只手举着诗集，边看上两句诗边吃上两口饭菜，这么多年来，他都保持着这样的习惯。中午他吃得多，偌大的一块列巴很快被他吃尽，盘子里的菜也被清扫一空。他用剩余的一角列巴，把盘子里的汤汁蘸干净，丢入嘴里。把碗丢在水盆里泡上后，他又坐回书案前的椅子上，给自己点上一支烟。他嘴里歪叼着烟，面前铺着稿纸，手里拿着笔，脑海里思索着，想从浩瀚的脑海中找出合适的诗句，誊写在稿纸上。凡是搞创作的人，都是在向上天讨饭吃。每当他动笔写点儿什么时，这句话总是在耳畔响起。歪叼在嘴旁的烟产生的烟雾熏得他眯缝起眼睛，他把思索出来的字和句反复推敲，去繁就简，把自觉最真实恰当的句子写下。他写满一页纸后，才搁下笔，伸了一个懒腰。腰部因为长时间保持同一种姿势而变得僵硬，每次伸展时，就传来一连串咔咔声，仿佛冰块碎裂了。

偏下午的时候，路平出门了。

镇上的道路、房屋都覆盖着一层厚雪，今年冬天雪下得多，化得慢。路平觉得冬景很美，远处的山岭像蒙上了一张白色的毯子，白皑皑的，植物和大地都深埋其中。天空阴沉沉的，没有太阳，感觉随时都会再袭来一场大雪。路平走上镇子的主干道，听到人声与狗叫，远处有几只狗在追逐打闹，也有几个孩童在捏雪球打雪仗，路平迎着他们走去。一个雪球从路平耳边呼啸而过，他下意识地侧过头躲闪。冲他丢雪球的那个孩子哈哈笑着逃跑了。他继续往前走。很快，他就发现了一个雪人，伫立在雪地里，形单影只。雪人的一双眼睛是用分成两半的蛋壳做的——灰绿色的鸭蛋壳；雪人的鼻子红扑扑的，是一只插着的胡萝卜；没有嘴巴。路平站着观赏了一会儿，蹲下身捡了根树枝，折成一寸长，给它嵌了个简单的闭着的嘴巴。

"我做的。"苏克说。他拎着一瓶酒，红着脸走过来。

"不信。"路平闻到一股酒酸气，估计苏克一整天都在酒馆里待着，"你苏克什么时候会堆雪人了。"

"不信吗？"苏克一开口说话，嘴里的酒气就凝结成一袭白雾，"咋能不信呢？！"

"不信。"路平知道他喝醉了，不想跟他多说。

"我也不信。"苏克说，"哈哈，鬼才信苏克能堆雪人。"

"来，握握手。"苏克空着的那只粗糙的大手在裤腿上擦了一把，伸向路平。

路平对苏克逢人便握手这一老掉牙的习惯深为反感，但也不能表现出来，他只好顺势接住他的手，握了两下。

苏克说："路平，瞧你手冰的，即便犴湖里的冰也不至于如此吧！"

路平没接他的话。

苏克又说："快，快喝点儿酒暖暖。"他把酒瓶的塞子拔开，递过来。

路平摆了摆手："算了，我正要去酒馆。"

苏克不满道："你嫌弃苏克？"

路平接过酒瓶，摇摇瓶子，里面哗哗作响，还有一大半酒。路平将鼻子凑在瓶口闻闻，很刺鼻，酒很烈。他举着瓶子咕咚咕咚喝了两口，酒像火一样从喉咙一直烧到胃壁。苏克在一旁欣喜地看着。当路平把酒还给他时，他兴奋地眨着眼睛，急迫地问："咋样，咋样？有没有感觉舒坦点儿，身子热乎不？"

路平用手抚摸着腹部，回答："辣。"

"辣就对了，好酒才辣呢。"

"苏克，你不在酒馆里待着，怎么跑出来了？"

"我出来撒泡尿嘛，喝了一天了，出来透透气儿。看到你在这儿摆弄雪人，就走过来瞧瞧。"

"人都到齐了吗？"

"谁啊？"

"比赛的人，今晚有场拳赛。"

"现在还早吧？"

"哈库呢，他来过没？"

"他没有，他儿子病了，他要照顾儿子。"

"他会来的。"

"他要来吗？他要来参加拳赛吗？"

"是啊。"

"太好了，这回有看头了！"

苏克开心得直跺脚："布尔特那小子这回逢着劲敌了，我倒要看看这小子怎么应对。"

苏克也曾被布尔特打趴下过，这口恶气一直没出。

"咱们别小瞧了他，他的拳脚可狠着呢。"路平提醒道。

路平的话让苏克回归了理智，他说："说得对，只能祈祷哈库好运了。"

"对了，咱们别在这儿干站着了。"苏克接着说，"怪冷的。"

"那走吧。"路平迈开步子，"去酒馆吧。"

"你去哪一家？"苏克跟上去说。

苏克总是在塔吉克酒馆喝酒，路平则喜欢去妮娜酒馆。今晚塔吉克酒馆有拳赛，路平不准备去妮娜酒馆。

"塔吉克人开的。"路平说。

两人踩着积雪走向二十米开外的塔吉克酒馆。

第四章

塔吉克酒馆

***

　　巴图在镇上读三年级，他的成绩算是中等。这个周末他发烧，老师布置的作业还没完成，明天就开学了，他想利用这个下午的时间把作业写一写。如果他写数学作业，哈库就一点儿忙也帮不上，根本辅导不了他，因为哈库没学过一天数学；如果是语文，哈库倒能教教他。刚来到冰原镇那会儿，镇上开设成人学习班，中原地区来的语言老师教大伙儿识汉字，那会儿大伙儿热情高涨，学习的劲头很足，哈库也报名参加了。一两年下来，哈库的汉语发音更准确了，镇上书店里那一本本书，他抽出来翻看，也能看懂意思了。当时，看书是新奇的事儿。在哈库看来，没有比书更奇妙的事物了，那一个个方块小字排列组合之后，竟然能有那么大的魔力，竟然能成为一篇篇震撼人心的故事。哈库和族里其他年轻人一样，知道的故事都是从老辈人口中听来的，有些是单纯的故事，有些则是曾经发生的真实事件。年轻人们都不知道这世间除了口头流传，还有一种叫作"文字"的东西同样可以承载那些经久不衰的奇妙故事与往事。他在识字后，便一发不可收，疯狂阅读起小说来，那种体验实在是难得且令人兴奋的，他可以连续看上一整天，废寝忘食。那些时光如今回味起来，仍然让人感慨万千。哈库现在要为生活操劳，已经没有闲心静下来好好读上一本书了，他怀念当年的时光，以及那种酣畅淋漓的阅读感受。

巴图伏在一张小桌上，屁股下坐着一个小凳，铅笔拿在手里，橡皮擦在一旁搁着。他时而写，时而用橡皮擦掉写错的数字。他在演算数学题。哈库坐在门畔吸烟，烟雾在他脸庞边缭绕，他望着远处的山岭，思绪纷飞。他想着今晚的拳赛，想着妮娜，想着山上的老母亲，想着路平，他去酒馆了吗？母亲她还好吗？妮娜在干吗？拳赛非赢即输，如果赢了，哈库能从大伙儿的押注中抽取一定比例的分成；输了，只是白受一番皮肉之苦，不会有别的损失，有损失的是那些押注失误的人。哈库并不对塔吉克酒馆开设拳赛抱有任何成见。当然，那个塔吉克人开设拳赛，纯粹是为了招揽生意，生意差的时候，就举办一场拳赛，比赛当天和后面几天，生意都会相对好一些。特别是拳赛当天，镇上的男人们几乎都会被吸引过去。另一家酒馆——妮娜酒馆，在比赛当天，生意就会很差，不得不提早关门。但对于镇上那些男人来说，不定期开设拳赛是个不错的举措，有益身心。他们长年干笨重的体力活儿，除了靠饮酒来缓解身体与心理的疲劳之外，偶尔跳上拳台找个人较量一番也很能释放心头的压抑，起到涤荡身心的作用。而那些或站或坐，要么擎着酒杯，要么拎着酒瓶，边抽烟边观战的人，也在一波波大呼小叫的呐喊助威声中，得到了同样的治愈。

想到晚上的那场拳赛，哈库浑身立即热起来。不能输，妮娜肯定会来观赛的，哈库想。他站起来，活动活动身体，转过身，看到巴图还在埋头写着。他轻手轻脚地走进去，没敢打扰他。他从火炉上取下水壶，给自己的茶杯倒满水，又往一只碗里倒了水。水是烫的，还冒着蒸汽。他找来一包感冒药，倒在那只碗里，用一双干净的筷子搅拌几下，轻轻地吹着，等到药水慢慢凉下来后，他走过去端给巴图。"来，"哈库用手摸了摸巴图的脑袋，"把药喝了。"

巴图停下笔，转过身来望了父亲一眼，接过碗，端到嘴边，分作几口喝下。他用衣袖擦了擦嘴角，把碗递还给父亲。哈库俯下身子，瞅了一眼他的作业簿，又摸了摸他的后脑勺，脸上充满笑意，说："比你老爹强，这我做不来。"

"爹爹会打猎，还会伐木头。"巴图噘着小嘴说。

"这没啥，还是学习好。"哈库说，"爹爹不希望你以后当个猎人，或者拿着电锯在我们的森林里伐木头。已经禁猎了，不久还会禁伐。哈哈，你想干也干不成。不过，你会更有出息，你可以干别的。"

"我可以干什么呢？"

"你可以到平原去发展。那里和我们这里不一样，那里是另一个世界。"

"那里很远吧？"

"远。要走挺远的路。"哈库说，"要是你有一天想去的话，拉木头的火车可以捎你一程。"因为要往平原运木材，所以这个偏僻的地方也修了一条单线列车轨道，在冰原镇设有一个站台。哈库想到就要禁伐了，随后又补充说："如果那时火车还没停运的话。"

"我还是不去那么远的地方了，我会想你和奶奶的。"停顿片刻，巴图又说，"还有妮娜婶婶。"

哈库笑了笑："好好写你的作业，等你长大了再决定。"随后，他拿着空碗走到水盆边，开始洗碗。

很快，他把湿漉漉的手在一条干燥的毛巾上抹干，就去给巴图准备晚饭了。

下午四点多的光景，天色开始暗淡起来。

冰原镇的日头落得很早。

哈库烤了一块列巴，熬了一锅米糊，又炖了一盆杂烩，是将猪肉、粉条加上白菜乱炖在一起的。他坐在饭桌一边，巴图坐在对面，两人沉默地吃着，可以听到吧唧吧唧的咀嚼声。哈库每过一小会儿，便给巴图碗里夹一些白菜和煮得发白的肉条。

吃完饭后，天已经彻底黑了。

巴图把作业本和铅笔全都收进书包里，把书包挂在墙上。他的感冒好得差不多了。哈库在壁炉里点上一堆小柴火，这样巴图待会儿睡觉时就不会感觉冷了。冰原镇太冷了，这个地方太冷了，哈库想。不过肯定没有山上冷，冬天的山林要比这里冷得多。

"爹爹，你晚上还要出去吗？"

"出去，"哈库说，"等你睡下了。"

他坐在壁炉旁，温暖的火焰烤着他的脊背，他把腿跷在一个凳子上。他总是用这种方式看着巴图入睡，自从米娅去世后，他就这样做了。如果不去酒馆，他就会早早地上炕床，和巴图一起入睡；如果要去酒馆，他就这样，以这种姿势，看着巴图睡着。他从上衣口袋里摸出一根烟，叼在嘴里，刺的一声划着一根火柴给自己点上。

巴图坐在床沿，看着哈库，眼神有些犹豫，像一只受惊的小鹿。

"你怎么了，巴图？"哈库吸了一口烟，把烟雾从嘴里吐出来，"我总感觉你有话要说。"

巴图咬咬嘴唇，却什么也没说。他躺进被窝，把衣服压在被子上，感觉被子沉甸甸的，压得他喘不过气来。他闭上眼，眼前随即漆黑一片。空洞、神秘、冰冷的黑暗。他恐惧起来，害怕再次看到她。他手心里聚了汗，紧紧抓住被子里侧，抓得很牢，好像这样她就不会出现了似的。他害怕梦到她——他的母亲米娅。

哈库把两根烟吸完，想着巴图应该睡着了。他蹑手蹑脚地在屋里走动。他从木挂上取下水獭皮冬袄，穿上，又轻轻打开抽屉，把几根卷烟揣上，走到墙边那面圆镜子旁，对着镜子照了照。他静悄悄的，做的这一系列动作连窸窸窣窣的声音都没有发出，行动起来甚至就像空气。他走到门口，缓缓地拉开门，门外的冷风刀子似的卷进来。他正要抬脚迈出去，忽然听到巴图在唤自己。

"爹爹。"巴图说。

哈库回身，看到巴图用胳膊肘撑着身子侧躺着看向自己，眼睛明亮，睁得很大。

"怎么了？"哈库走回来，在床沿坐下，用手摸摸巴图的额头，

"又感觉不舒服了吗？"

巴图摇摇头，说："不是。"

"那是怎么了？"哈库问。

"你不在的时候，我老是梦见她。"

哈库立即想到了米娅，除了她，还能有谁呢？

"你害怕吗？"

巴图先是摇摇头，接着又点了点头。

"你梦到什么了？"

"她说，"巴图说，"她说，她想我们。"

哈库想起米娅，心里有点儿伤感。她去世六年了，哈库还总是为她的去世而痛心。

"是你想她了，巴图。她已经不在了，不在这个世上了。"哈库沙哑着嗓子宽慰儿子，"你用不着害怕。是你太想她了，才会梦到她。你太想她了，对吗？"

巴图眼泪汪汪地点了点头。

哈库的眼眶里也浸满了泪水。

哈库出门时，巴图已经彻底睡着了。他发出的微弱鼾声让哈库意识到他已经睡熟了。哈库轻轻掀开被子，走下炕床，穿上里里外外的衣服。他走到门口时停了下来，回头看了一眼，再次确认巴图已经睡熟了。他走了出去，缓缓把门带上。寒风无缝不入，他裹紧水獭皮冬袄，大步走起来。踩在积雪上的声音听起来很脆很响，很像一种瘦小的蓝鸟的叫声。

妮娜酒馆里只有妮娜一人，哈库走进去的时候发现座位都是空的，一个客人都没有。这没有让他感到惊讶，他想到的也是如此。妮娜坐在柜台里侧的高凳子上，用手托着下巴，在打瞌睡，她的睡姿很美。壁炉里的火将熄，她的影子映在后墙上。柔和的灯光照射在她身上，就连投射在墙壁上的影子都带着别样的美感。她穿着一件浅红色的碎花棉袄，把脸蛋衬托得十分娇美。她的手臂白润细长，没有因岁月的流逝而变丑。

哈库掀帘进来，她并没有被惊醒。直到哈库在柜台外侧的高凳上坐下，并用手指关节轻轻敲击了两下台面，她才猛然醒来，坐正。她给哈库拿杯子，倒了一杯麦啤。

"没人，"妮娜说，她指了指店内空荡荡的座位，"一个人都没有。"

"都去希尔汗那里了。"哈库说。他喝了一口啤酒。

希尔汗就是那个经营塔吉克酒馆的塔吉克人。

"巴图好点儿了吗？"

"好得差不多了。明天可以去上学。"

"明天林场要开工了吧？"

"是啊。"哈库说，"明天开工。"

"那还是让巴图来我这儿吃饭吧。"

哈库去林场上工，和其他工人一样，都是在工地里扎营，吃住都在营地里，一周才回来一次，一次回来两天。不过，以前是因为工地远，他一周才回一次，现在近了，每天晚上都可以回来，但中午若是没有要紧的事是不能回来的。巴图的中午饭都是在妮娜这儿吃，以前就连晚饭也是在妮娜这儿吃的。

"明天？"哈库说，"明天不用。"

妮娜疑惑地看着他。

"明天我不去林场，我去山林里转转。"

"去干吗？打猎吗？"

"是啊，打猎。"

"小心触犯法律啊。"

"我不打政策保护的动物，我又不靠这营利。只是一项娱乐，就像有些人钓鱼一样。我能打到一只兔子就知足了。"

"飞龙鸟呢？"

"飞龙鸟不成。它在保护范围之内。我不能打它。"

"你对这些条文还挺熟悉的。"

"是啊，时代不一样了。现在是法治社会，我不能知法犯法。再说了，现在野生动物太稀少了，和我们小时候那会儿不一样，现在是应该保护起来。"

"巴图的中午饭怎么办？你去打猎，他怎么办？"

"我会在午饭前赶回来的。"

"那就好，不要让他饿肚子。"

"不会的。"

哈库把杯中的酒一饮而尽，把空杯子放下："你还不关门吗？"

"再过会儿，反正也没什么事。"妮娜说。

"瓦沙呢？"

妮娜看了看左侧五米远的棉布帘："他在里面，已经睡下了。"

"难得这么安静。"妮娜又补充说。

"是啊，"哈库说，"的确是。"

"你不是要去塔吉克酒馆吗？"妮娜看看挂在墙上的钟表，"时候不早了，你快去吧。"

"你会去吗？"哈库试探着问。

"你想让我去吗？"

"嗯，"哈库说，"你在台下看着，我就感觉自己充满了力量。"

"是嘛！"她显得很开心，抿着嘴笑。

"是啊，很奇怪是不是？"

"是。"

"那你去不去？"

"再说吧。"妮娜说，"我还不能给你保证。万一待会儿来客人了呢。"

"那我先去了。"哈库站起来作势要走。

"哎，慢着。"妮娜在他转身之际喊道。

"什么？"哈库转过头说。

妮娜表情纠结，欲言又止，最后她摆摆手，说："没什么，没什么。你快去吧。"

哈库离开了。

妮娜心里想说的是："要我去看你比赛，这会儿你怎么不怕别人说三道四了？"但她没说，一是不好意思开口，再者是怕哈库窘迫。她知道男人最害怕应对的就是这种令人窘迫的局面，哈库当然也不例外。

哈库走上镇上的主干道，它平坦，宽敞，铺着一层被足迹碾压过的灰扑扑的积雪。塔吉克酒馆在主干道的另一侧，哈库走着走着就到了路对面。他走了一会儿，听到背后不远处传来踩碎积雪的脚步声，如果没有积雪，他不会听得这么清晰，可是现在地上满是积雪，踩上去就是一串嘎吱嘎吱的响声。他转身看过去，天色昏暗，看不清面貌，只能看到一个黑乎乎的身影。那人嘴里叼着一根烟，火星一闪一灭的，像极小极远的星辰。那人进了妮娜酒馆。在掀开门帘的那一刻，灯光照在他脸上，哈库认出他了，他是白毛德。他也是林场工人，从事伐木工作，此前和哈库在同一个小分队，后来去了另一个伐木队。

哈库没有多想，继续往前走，不多久就到了塔吉克酒馆。

他站在酒馆外就能听到里面汹涌如潮的喧哗声。

哈库推开厚实的棉布门帘走进去。

屋里站满了人，座位也都坐满了。屋子很大，除了摆放桌椅之外，在最里处，还搭建了一个二十平方米大小的简易平台，作为拳台。底座由三寸厚的柳木板铺成，上面覆盖着一层兽皮毯子，完全是为了防止打斗中磕磕碰碰。拳台呈长方形，三面与墙壁相连，而那三面墙也钉上了一人多高的兽皮，同样是为了防止在打斗过程中撞伤磕伤。拳台外围则用六道粗大的绳索作为护栏，以防人员摔下平台。

路平虽然醉醺醺的，但一直留意着门口，一直琢磨着哈库何时出现，哈库这次比以往来得晚。哈库出现，路平是第一个发现的，他从酒桌边摇摇晃晃站起来，走过去，给了哈库一个猛烈的拥抱。哈库在他肩膀上轻拍了两下，他们分开了。

"你怎么才来，"路平说，"布尔特都连胜两场了。"

酒馆里大部分都是林场工人，他们看到哈库后，都冲他脱帽挥手。

"你又喝醉了？"哈库说。

"有点儿多了。"路平说，"不过还能继续喝。"

"两位，"希尔汗走过来，说，"不要干站着了。快去坐吧。"他把手放在哈库的肩上，"哈库，你来得晚，先喝点儿，好有力气出拳。他们非说你今晚会来比赛，我还不信，没想到你真的来了！他们这帮人都等着急了，都想看你和布尔特对决。布尔特在这儿。"他冲布尔特坐着的地方挑挑眉毛。布尔特额头上都是汗，正在大口大口往肚里灌酒。"布尔特参与的比赛，大伙儿都没法儿下注了，因为胜负毫无悬念，谁也不傻，是不是？大伙儿一窝蜂下注布尔特获胜，那有什么意思，还怎么玩下去？幸好你来了，幸好。这回就有悬念了，大伙儿可以皱着眉毛下注了。我没记错的话，你和布尔特对决过两次吧？"

"是啊，两次。"

"一胜一负？我没记错的话，应该是一胜一负。"

"是啊。"

"那这回就有看头了。"希尔汗说，"快别站着了，快坐过去喝两杯，你看都有人给你让座了。"他给哈库指了个方向，示意他坐过去。

希尔汗是塔吉克酒馆的主人，他在冰原镇开酒馆已经有八年的时间了。那时的冰原镇人口不足四百，不像现在，经过多年的人口增长与持续不断的外来迁居，人口已经多至八九百。希尔汗眼眸深邃明亮，眉毛很浓，鼻梁很挺，个子瘦高，是典型的塔吉克人。他的经历说来有些传奇。他兄弟三人，数他最小。他参过军，曾在寒冷的帕米尔高原上驻守边疆。退伍后，他并没有立刻结婚，而是选择离开高原，四处闯荡。他先是去了东南沿海城市，时值改革春风遍地吹，他天生有经商头脑，不出三年，已赚得盆满钵圆。他对钱不是很看重，回到帕米尔高原上的小村子后，他把大半钱财分给大伙儿，自己只留了一小部分。他带着剩下的钱再次离开了帕米尔高原。这一次，他不是为生计而离开，纯粹是想多走走多看看，毕竟祖国那么大，那么辽阔。他去草原，去沙漠，去青山，去峡谷，大半个中国都游历了一遍，最后在冬季到了冰天雪地的根河。他在根河没住多久，又听说有一个新成立不久的镇子——冰原镇。他辗转来到冰原镇。他并不准备待太久，但不曾想，他竟然爱上了当地一个姑娘。他最终留了下来，用所剩不多的钱买了一块地皮，建起一座房子，经营起酒馆来。他给酒馆取名为塔吉克酒馆，就是为了纪念自己的故乡。他妻子比他小六岁，叫金梅，是妮娜的好姐妹。他们育有一子。他每年都会回他的故乡帕米尔高原，那里有他的亲人。他的父母都很健康，两个兄长也过得挺好，他没有什么牵挂。但他还是会每年回去一趟，带着一些冰原镇的特产，去看望他们。

希尔汗端给哈库一壶麦啤，他知道哈库就好喝这个。

哈库给了他五块钱。一壶麦啤，就是这个价钱。

"好好喝，哈库。"希尔汗接过钱说，"好好喝。"

哈库把酒倒在杯子里，喝了一杯。

"金梅姐呢？"哈库问。

平时金梅也在酒馆里忙前忙后，但今天不见她的身影。

"孩子病了，她在里面照顾他呢。"

"和巴图一样。巴图也病了。"哈库说，"巴图病了两天，现在好了。"

"季节性的，"希尔汗说，"是流感导致的。孩子抵抗力差。"

哈库点点头，表示认同。

"我去忙了，哈库。"希尔汗说，"今天人多，乱糟糟的，我先去忙了。有什么吩咐打声招呼，喝好啊，哈库。还有你，路平。"

路平醉眼迷离地摇摇头，腮帮子很红，舌头有些打卷："我不能再喝了，希尔汗。哈库等下就上场了，你甭想再让我喝一点儿，我再喝就不省人事了。"

"去忙吧，你。不用担心我们。"哈库说。

希尔汗端着空盘子走开了。

屋内人声鼎沸，人们都喝了不少酒。大家有说有笑的。有的在谈论林场生活，有的在讲述以往的奇特经历，更多的是在议论待会儿怎么下注。名叫查格达的林场工人叫嚷的声音尤其大，他在讲述最近的经历。他坐得离哈库很近，在哈库背后那张酒桌边的靠椅上，背对着哈库。他眉飞色舞，口沫横飞。他说："你们猜怎么着，我回头一看，乖乖，是一头大熊。它已经发现我了。说来不怕大家笑话，我不敢多耽搁，哪敢多耽搁啊，我吓得心跳到了喉咙眼儿里。我来不及把屁股擦干净，连裤子都没提，拔腿就跑。我跑了一阵儿，发现裤子不提上跑得太慢，我就边跑边把裤子提上。我回过头一看，乖乖，好家伙，它已经跑到我身后了。它站直身子，像座小山似的，我只到它胸口。你们也知道，我不算矮，可它一站起来，我只能到它胸口，像个小矮人似的。它挥舞着右掌，照我脑袋扇过来。乖乖，幸亏我躲闪及时，要不然这一巴掌下来，我的脑浆指定给扇出来。"他说到这里，抿了一口高粱酒，咂吧咂吧，点点头，像是在回味，不知道是在回味酒还是在回味死里逃生的经历。

　　"然后呢？你是怎么逃掉的？"他旁边一人迫不及待地追问。

　　"那个我待会儿会讲到，你先不要急着问。"查格达说，"熊爪子有多长？你们忘没忘熊爪子有多长？乖乖，有一拃长。"查格达伸出中指和拇指比画道，"一拃长。以前部落里的老人说，熊爪子抓到人脸，人脸就不成样子了，人就成了无脸人了。他们说得对，它只需轻轻一抓，你的半张脸皮都能给撕扯下来。我查格达可不想成为无脸人，我撒腿跑起来，没命地跑。它紧跟不舍，始终跟在我身后一米远。为了甩开它，我像蛇一样打着弯儿跑。你们别看它身形很大，其实真的跑起来是很灵活的，千万别被它的外表蒙骗了。它跑得很快，每一次转弯都差点儿扑到我。我想，我还有老婆孩子，小命不能就这样断送啊！我腿下生风，很快就跑到工地上，本想大呼，可一看工地上一个人也没有，都去营地帐篷里睡午觉了，我想喊也没用，等他们赶来我早就成大熊的午餐了。这时，我看到一把丢在草丛里的电锯，平常用来伐木的工具，此刻却成了我的救命稻草。它安静地躺在那里，躺在那堆草丛里，我却觉得它在阳光下熠熠生辉。我看到了生命的火光。我一骨碌滚过去，那头大熊也冲我扑上来。它扑到了我的背上，它尖利的牙齿已经触碰到了我的脊背，正准备下口撕咬。我一把拉响手中的电锯，这把锯子是队长的，和其他锯子一样，噪声很大，锯齿很锋利。锯子轰隆隆旋转的噪声把那头大熊吓了一跳。它松开口，一下跳开了。它害怕了。我能看出来它在害怕，它一步步退却，我一步步紧逼上去。它已经吓得呆掉了，我敢保证，它已经吓得呆掉了。它连转头跑都不会了，只知道一步步向后挪动。直到我一步跃过去，它才反应过来，掉头就跑。它比追我时跑得更快，四掌着地，狼狈地跑着。我在后面挥舞着锯子，直到把它追得不见踪影才停下。我累得气喘吁吁，满头大汗，丢下锯子，弯着腰使劲呼吸。不过，我那口憋屈的恶气总算发泄出来了。"

"这么说，你不仅没被熊吃掉，还把熊吓得屁滚尿流？"有人说道。

"没错，是这样。"查格达又喝了一口酒。

"有人看到吗？"希波儿问，他才二十多岁，和哈库在同一个伐木分队，"我是说，除了你之外，还有人看到吗？"

"没有。"查格达说，"除我之外。他们都在睡觉，睡午觉。队长也睡了。你也知道，伐木是个累活儿，吃完饭，喝完茶，就该躺会儿，眯缝会儿。不然太累了，谁也吃不消。"

"那你能保证讲的是真的吗？"希波儿想弄明白他讲的是真是假。

"你不相信我吗？"查格达说，"希波儿，你不信吗？我讲的句句属实，你还不信吗？"查格达有点儿生气。

"我只是想弄明白是不是真的。"

"我还能撒谎吗？我查格达什么时候撒过谎？"

"可是，"希波儿说，"可是冬天没有熊啊。熊都冬眠了。"

"谁说冬天就一定没熊啦？"查格达说，"它饿了一样出来找食儿。"

"它秋天时肯定没养好膘。"有人出来打圆场道。

"说得对。是这样。"查格达说，"没养好膘，饿得受不了，就从洞里钻出来了。"

"这说得通。"有人插了一句，还是那个打圆场的人。

"这说得通吗？"路平听完查格达的讲述后转向哈库。

"说得通。"哈库不假思索道，"的确是这样。如果猎物充足，刚好天气又不是极度寒冷，最重要的是没有猛烈的寒风，这个时候，少数熊是会出来捕食的，就算是在冬天也不例外。"

"这下又学到东西了。"路平说,"我一直以为熊冬天全都冬眠了。"

"没有那么绝对的事情。"哈库说。"在禁猎以前,我们冬天去打猎,有时也会碰到熊。它知道猎枪的厉害,一撞见我们,拔腿就跑。熊跑起来速度很快,人是追不上的。只要它想跑,人就没办法追上。它喜欢搞突袭,这发生在猎人单独出猎又恰好放松警惕时。被熊扑到,要想活命是很难的。它太强大了。死在熊爪下的猎人数不胜数。每个部落都有人因为熊而死于非命。像查格达那样侥幸从熊爪下逃脱,安然无恙地坐在酒馆里喝着酒和人谈笑的例子实在不多。不是每一个人都像他那样运气好。但我们爱熊,我们所有生长在这片森林里的人都爱熊,不光爱熊,也爱其他的一切。它们和人一样,都是大自然的一部分,都是为了生存才做出某些选择。我们不憎恨它,就算是死者的家属,也不憎恨它。它是自然的一部分,和人一样,它的行为也是自然赋予的,但我们也可以猎杀它——在禁猎以前。"

路平听着,眼皮不住地下沉。他太困了。他把手指在酒杯里蘸一蘸,涂抹到太阳穴上,好让自己清醒一点儿。冰凉的酒涂抹在太阳穴上,瞬间蒸发,一袭凉意直抵后脑勺。路平向来用这种方法给自己醒酒,在不是烂醉的情况下,挺有效。他要坚持住,不让自己睡过去,他还想看哈库和布尔特的对决呢。

布尔特坐在屋子最中央的那张圆桌旁,圆桌很大,打圈坐满了人。布尔特还在不停地灌酒,他的酒量惊人,和他的体魄一样惊人。他有一半的蒙古血统,他的母亲是蒙古族。同样是游牧民族,他的父亲是山林里的游牧者,他的母亲是草原上的游牧者,前者在林子里驯养驯鹿，后者在草原上驯养骏马。非同寻常的基因令他生来壮硕，他曾说："我既是喝鹿奶长大的，也是喝马奶长大的。"

他转过头看到哈库，哈库也恰巧看到了他。他们对视一笑，分别端起酒杯遥遥碰了个杯。哈库两口把麦啤喝完，起身脱掉水獭皮冬袄。这件冬袄有些年头了，是在禁猎之前用打到的几只水獭的皮缝制而成的，很耐穿，很多年过去了，色泽虽大不如从前，但保暖效果依然绝佳。路平接过冬袄，也站了起来，他追上哈库，在哈库走到拳台之前，帮哈库上下撑开两道绳索。哈库从撑开的缝隙间，跃上了拳台。布尔特放下酒杯，撑了撑手臂，又握了三下拳头，也紧随其后，跃上拳台。大伙儿都停止喧嚷，也不再喝酒，拳台周围开始有人端着酒围拢而来。

比赛没有特别的规则，只要不击打对方的要害部位即可，随意出拳、出腿，也可以用大家都擅长的摔跤术。布尔特在蒙古待过，和那里的人没少过招，也没少学习摔跤的技巧。可以说，布尔特是冰原镇上摔跤数一数二的好手。拳赛只有一个回合，为时半个钟头，裁判是希尔汗。希尔汗是最接地气的裁判，他一般不喊停，除非情况特殊。

两人在台上脱鞋，台下有人把鞋接下来。希尔汗停下手中的活计，走过来，丢给他们两双狍皮手套，他们分别戴上。此刻，大伙儿纷纷掏钱押注，他们要在五分钟之内押注完毕，经过适才的讨论，他们心中已经有了人选。他们把钱交给希尔汗，希尔汗把他们的名字以及押注对象记录在一个本子上。路平押了两千，半个月的工资，押哈库胜。他想赌一把，就算哈库输掉比赛，他也不会因此埋怨哈库。事实上，只要是哈库参加的比赛，他都押他。

哈库和布尔特互相拥抱，然后分开。一切准备停当，随着希尔汗一声令下，拳赛开始了。布尔特性子急躁，出手快，不愿过多等待。他上前就是一拳，哈库迅速躲闪开了。布尔特的拳头非常重，路平深有体会。布尔特一直跳动着，像兔子一样灵活。而哈库却不怎么跳，他脚下缓步移动着，眼睛死死盯住布尔特，盯住他的拳头和腿，也盯着他是否露出丝毫破绽。两个人体质都相当好，这一点大伙儿都看得出来。从某种角度来说，哈库比不得布尔特，毕竟他比布尔特大好几岁。布尔特是个二十出头的小伙了，正值体力充沛的年纪，哈库却已经在走下坡路了。拼蛮力，哈库终究还是不如布尔特。好在拳赛不光是讲究蛮力，在一定程度上，技巧和机智也很关键。

防守永远不会得分，只有快速进攻得分才来得快。

布尔特连连出了几拳，都被哈库躲过了。哈库却一拳也没出。他在等待着恰当的时机。布尔特也很聪明，他挥舞着两只拳头冲上去，气势凶猛，左右出击，任何一拳落在身上都够呛。他的两只拳头呈围拢的姿势交会而来，死死堵住哈库的去路，哈库躲闪已经来不及，只得撑开双臂去抵挡。谁知，这是布尔特的假招儿，他出拳是假，出腿才是真。正当哈库用手臂去抵挡布尔特的重拳时，布尔特却突然收住了拳头，出其不意地照着哈库失守的腹部直直踹去，直着踹速度最快，令人躲避不及。哈库中了布尔特一脚，向后退了几步重重撞到墙上，好在墙上有兽皮包裹。

台下一阵欢呼，欢呼者都是押布尔特获胜的。路平皱着眉头，拿着水獭皮冬袄的手出了一层汗。希尔汗在台下时刻留意两人的举动，在心中为布尔特默默记下一分。

哈库很快就摆脱了那一脚带来的阴影，他调整姿势，再次上前迎接布尔特。布尔特左右甩甩脖子，猫着腰，把紧握的双拳放在脸前，做好防御的准备。他想着这时哈库应该会回击。哈库走到拳台中央，绕着布尔特转圈子。哈库虽然挨了一击，却没有乱了阵脚。他知道，胜利总是在最后，而非开头。

哈库转着圈子，布尔特没了耐性，他再次主动出击。布尔特气势太猛了，他步步紧逼，令哈库无处躲避，只得应战。两人的拳头像雨点般交织在一起，噼里啪啦。这种情况是无法计分的，因为两人都在出拳，也都在挨拳，除非有一人支撑不住，最先倒地，另一人才会被记一分，或者直接胜出。哈库肩上、手背上、双颊上，都挨了拳头，火辣辣的。他不知道布尔特感觉如何，但他感觉到了密集的拳头带来的痛感。痛的同时，又让人兴奋，那些痛感就像点燃干草垛的火，能让人充分燃烧自己，释放自己，也能点燃内心最原始的野火。他从没和布尔特正面拼过拳头，这一次他领教了，布尔特的拳头实在是硬实，每一拳都犹如一把铁锤的重击。布尔特的体魄也确实强健，哈库的拳头落在他身上，就和落在墙壁上差不多。哈库明白，自己已经过了三十岁，体力在走下坡路，而布尔特的好年华却刚刚开始。和布尔特正面交手，让哈库意识到，自己早晚都会有输给布尔特的一天，不，不是输给布尔特，是输给时间，这一天不会太远了。但眼下，哈库觉得还不能这么早就否定自己，他还能承受住布尔特的拳头。现在还不能输给他，哈库想。

两人都打累了，主动分开。连续出拳对体力确实是个考验。两人都在喘气，大汗淋漓，哈库比布尔特喘得还凶。布尔特的腮帮子有点儿肿，是被哈库擂到了。哈库的右眼角有块瘀青，嘴角流了一点儿血，是被布尔特的拳头伤到了。

台下的观众嘴里叼着烟给他们鼓掌叫好，有的还吹起了口哨，屋内满是震耳欲聋的喧闹声。希波儿说："拼拳头，哈库不如布尔特。"

查格达叼上一根烟，用火点着："傻子都知道。"

布尔特最先缓过来，他体力恢复得快。他凑近哈库，虚晃一拳后使出了一记横扫腿，哈库眼疾手快，抬起膝盖去挡，同时伸出一记重拳，击打在布尔特的下巴上。布尔特遭到重拳后，整个人向后倾斜，在身体落地之前，他用胳臂撑住了。他摇摇头站起来，又用手拍打了两下脑门，继续猫下腰，向哈库发起挑战。眨眼之间，他直冲过去，把哈库拦腰抱起，向后摔过去，想把哈库直接摔在地上，这样他就能再得一分。他没能如愿，哈库没有被摔倒在地，而是顺势让双脚落地，站得好好的。哈库借机反击一肘，击打在布尔特的后脖颈上，布尔特斜着倒下，左腿半跪在地上。哈库抓住时机，又在布尔特的脑袋上横踢一脚，布尔特重重地倒下了。布尔特感到晕乎乎的，眼冒金星，他想站起来，可是整个身体像散了架似的，不听使唤。

第五章

犴 湖

＊＊＊

清晨，太阳穿过山岭，洒下道道霞光。巴图去上学了。哈库挑偏僻的小道穿过镇子，他想避开人群，主要是避开自己所在的伐木队的队员以及那个瘦高的队长。他今天托病没去林场上工，不想被人发现自己好端端地走在镇上。但他必须穿过镇子，路平的房子在镇子的另一端，他需要穿过镇子才能到。他挑少有人走的小道，避开主干道，好在今天林场上工，镇上的男人都去林场了。小巷子里没有了打闹的学生，上课铃声几分钟前已经响过。女人们都在屋里烤火，闲聊，打毛衣，或者把男人们穿破的衣服拿出来拆拆洗洗、缝缝补补。天寒地冻，女人很少出门。哈库一路上没碰到一个人，只有几只闲极无聊的猎犬，在雪地里追麻雀。

今天要去山林里出猎，好久没出猎了，他想重温一下旧日的时光。他特意戴上了狍皮帽，穿上了狍皮衣，脚上穿的是狍皮靴子，真像个地地道道的猎人。卷烟装在他裤子的口袋里，装得很满，够半天吸的。他很快就走到了路平的房前，门上了锁，窗台上晒着两双棉鞋。屋内没人。他已经去林地上工了，哈库想。他绕到屋后，

- 64 -

从雪堆里扒出了那把猎弩。路平临走前把猎弩藏在了雪堆里。一同扒出的，还有箭筒和五支利箭。他把箭筒背在肩上，斜挎着猎弩，走出了镇子。

山上的积雪比镇子里的厚多了，踩上去，立即就留下很深的足迹。他准备去两公里外的犴湖打几只兔子。很多猎物都在保护范围之内，但野兔是个例外。野兔的生存与繁殖能力极强，还没有受到保护的必要。镇子东南面的山岭间有一道浅浅的山谷，顺着那条山谷一直走，转上几道弯儿，就能到达犴湖。犴湖在夏季波光粼粼，湖畔百花盛开，蜂飞蝶舞，湖中游鱼结队，群鸟戏水，十分壮美。哈库还记得路平曾说，犴湖比瓦尔登湖要美许多，等哪天攒够了钱，辞职不干了，他就会在犴湖边上建一座小屋居住。说这话是在妮娜酒馆，路平的想法被妮娜嘲笑了一番，她又说"你先把酒账还了再去吧"。多年来，路平并没有攒下钱。他的钱都花在了烟酒上，时而还在拳赛上押注，失利比盈利多。不过，哈库昨晚赢了，路平多少也算捞了一笔。这些年，哈库倒攒了一些钱，但不多。如果丢掉伐木的工作，他撑不了几年。他不想伐木了，但一时也不知道不伐木还能干点儿什么。如果没禁猎该多好啊，哈库想，那样就能回到山里靠打猎和放养驯鹿维生了。也不行，哈库很快就否定了自己的想法，这样也太不负责了，巴图怎么办？他受得了那种在山林里迁徙、游牧、寻猎的生活吗？肯定受不了。现在的孩子都没在山林里生活过，没受过那种苦，他们不会愿意回去的。再说，现在的猎物着实不多了，已经不比以前，以前猎物遍地走，打到猎物是轻而易举的事情。那些年，盗猎团伙太猖獗了，几乎让猎物销声匿迹。他们下手歹毒，打猎不是为了填满肚子，不是这样，他们是为了赚钱，仅仅是为了赚钱。他们想靠盗猎发家致富。他们仅仅为了获得更多的鹿茸就对整个鹿群痛下杀手，他们为了得到熊掌就对大熊赶尽杀绝。他们把珍贵的熊掌砍下，把熊皮剥掉，把鹿茸砍下，把鹿皮剥掉，其余的都不要。他们只要皮子和珍贵的部分，猎物的肉，他们不屑带走。

哈库六岁那年，第一次听到盗猎的枪声。那是傍晚，天空布满了落日的余晖，部落里篝火通明。女人们围坐在篝火旁欢声笑语，男人们把狍子肉分块穿在树枝上，架在篝火上烤。香味很快就弥漫开来，大伙儿的肚子都咕咕叫，就等着把已经撒上盐巴的烤肉取下火架享用。就在这时，一声枪响划破了山谷的寂静，枪声呼啸着传到了营地。大家面面相觑。附近山林除了哈库他们所在的这一支游牧部落，根本没有别的部落了。现在，火架上烤着狍子肉，大伙儿都坐在篝火旁等着开饭，外出的猎人们也都回来了，没有人这个时候还在林子里打猎，怎么会有枪声呢？随着一阵密集的枪声，大家心底都浮出了一个声音："有人闯入了这片宁静的山岭。"

哈库的父亲是个老练出色的猎人，他当机立断，背起猎枪，要循着密集的枪声过去看看。大家都赞同他的做法，老酋长也支持他去。毕竟，在这原始森林里，如果不摸清楚对方来到这里的目的、人数和武器装备，人们会陷入恐慌，没有安全感，只怕晚上睡觉都不踏实。老酋长又派了两个精壮的小伙子带上枪同去，神色凝重地叮嘱道："要当心，千万要当心。他们有枪。"

哈库的父亲叫吉登，在他们部落的语义是"较高的山脉"。他身材挺拔、壮实，走起路来虎虎生风，真像一座移动的山脉。在这一点上，哈库得到了他的遗传。虽然受母系血缘的影响，哈库不如父亲那么高大伟岸，但也比一般人壮实有力。和吉登一起去的两个小伙子是对亲弟兄，一个叫乌日，一个叫乌拉，也是"山"的意思。他们一行三人没来得及吃已经烤熟的狍子肉就匆匆上路了。三人都肩背猎枪，神色阴郁，步子迈得很大，开始是走，后来就改成跑了。他们内心急切，想看看到底是什么人在这片林子里，在这个宁静的傍晚里肆意开枪。

部落里，大家都没了食欲，虽然吃着烤肉，但嚼在嘴里，完全感受不到平常的味道，只是为了填饱咕咕叫的肚子。大家安静而面无表情地吃着，偶尔显露出的一丝情绪，也是焦躁不安。适才那一阵密集的枪声破坏了他们的食欲，扰乱了他们的心绪。他们吃过饭后并没有离去，他们在等待，等待吉登和那兄弟俩带回消息。

吉登他们赶到现场时，发现了八个装束怪异的人。其中两人在持枪放哨，眼睛和耳朵时刻留意着附近的响动，神色十分紧张。另外六人则把枪丢在一旁，撸起袖子，挥舞着斧头砍鹿茸，一架架鹿茸被砍下来，搁成一堆；随后，他们从身上掏出剥皮刀——锋利而闪烁着寒光的剥皮刀，极其熟练地划开野鹿的肚子。从他们有条不紊的动作上来看，他们都是些极其专业的盗猎者。地上躺着七只死去的野鹿，它们属于常在附近出没的鹿群，那个鹿群里一共有十二只成年鹿，他们一下子就猎杀了其中的七只。其他的野鹿侥幸逃脱了，估计再也不会回来了。

吉登不认识这伙人，但知道他们不是好人，不是这片森林里土生土长的猎人。真正的猎人不会干出这种事，不会仅仅为了获得鹿茸或者皮子而对猎物大开杀戒。猎人们是为了生存，不得已才猎杀森林里的动物的，每当他们猎杀一只动物后，就会感谢山神的赐予，并把猎物最好的部位敬献给山神。这是猎人自古传下来的传统，他们认为森林里的一切都来自于山神，动物也不例外，他们猎杀动物其实是在向山神索取食物。他们不浪费一点儿猎物的血肉，否则就是对山神不敬。在有足够食物的时候，他们不会过多地猎杀动物，他们认为那是一种不正当的行为，是该受到山神的谴责与处分的。眼前的这伙人，熟练地操弄着手里的剥皮刀，对剥掉皮的鹿肉看也不看一眼，他们的眼睛只有瞅到鹿茸和鹿皮时才放光。他们根本不是什么猎人，也不配猎人这个称号，他们就是一群丧尽天良的盗猎者。吉登认清了眼前的情况。盗猎者闯入森林，打破森林的宁静，毫无节制地杀戮那些对他们来说有价值的生灵，他们为了皮子、鹿茸、熊掌而展开杀戮，他们所到之处，血流遍地，破坏了自然的和谐与平衡。

吉登和乌日、乌拉躲藏在茂密的灌木丛中目睹了眼前的一切，他们有着丰富的林中狩猎经验，像精明的赤狐一样善于躲藏。他们躲藏得悄无声息，秋后经霜变红的灌木叶为他们提供了绝佳的天然屏障，那两个放哨的丝毫没有察觉。那伙剥皮的家伙正在专注地剥皮，脸上绽现着狡诈阴险的笑。吉登犹豫着该怎么办。是不是应该先发制人，与他们拼个你死我活？可是，纵然这伙人罪大恶极，但也罪不至死吧？何况，自己也没有随意处决别人的权力啊！吉登思索了一会儿，做出一个决定——走出去，和他们谈谈。他期盼最好的结果是，他们能够就此收手，离开这里，永不再来。

那几个剥皮的人已经成功把鹿皮剥掉，卷成一个卷儿，装在了一个麻袋里。鹿茸也被装在了麻袋里。加上前几日捕获的紫貂、原麝、白狐、水獭、松鼠，这已经是他们第三麻袋收获了。那两个放哨的看到一切都已结束，也放松了警惕，走过去和那几个剥皮的人交谈。他们为这一场偷袭获得的丰厚成果兴奋不已。他们边点上烟，边交谈着，那两个放哨的把枪背在肩头，走过去踢踢麻袋，麻袋的口已经系死了。"够你再养两个女人的，"其中一人说道，"这一麻袋够你再养两个女人。"

"不养了。我的女人已经够多了。"另一人接道，"我去赌最好了。"

"你们俩别废话了！"有人大声催促道，"天快黑了，咱们快离开这儿。如果没月亮，夜间不好赶路。这林子里太阳一落就阴森森的，我总感觉有双眼睛在盯着我们，这种感觉怪不好受的。"

"哈哈，你那是做贼心虚。"有个沙哑的声音响起，"不过，咱们还是尽快离开吧。这儿附近似乎有一支游牧部落，我们在他们地盘上，碰上就不好说了。山里的野蛮人可不给咱讲道理。"

"可咱也不是吃素的。碰上了，大不了干一场。"

"别啰唆了。快走吧。马绳是谁拴的？绳子拴得牢不牢？我们那几匹马不会溜掉吧？"

"不会，你放心。我拴的马你还不放心？"

他们中有人扛起麻袋，有人拿起枪，走起来。

吉登从他们左侧蹿出来，乌日和乌拉紧随其后。盗猎团伙大惊失色，纷纷拉响枪栓，把枪口指过来。肩扛麻袋的家伙也赶忙把麻袋摔下来，从身旁那人手中要回自己的枪，拉上枪栓，枪口对准吉登。他们八人，吉登他们三人，按说他们应该无所畏惧，可是，他们胆战心惊。

吉登说："你们把枪放下。"

他们不放。

吉登说："你们是哪里来的？"

他们闭口不答。

吉登说："你们来这里，就是为了猎杀动物吗？"

终于，有一人开口了。他说："你停下来，别再往前走了！"

吉登说："你们不能猎杀这些动物，它们不属于你们。你们也不属于这片森林。"

"你们是什么人？"

"我们是这片森林的守护人，千百年来都生活在这里。"吉登说。

"你别往前走了，快停下来！"

吉登继续往前走："你们要离开这里，离开这片森林，不能再回来。"

"我说，你，停下来。别往前走，我要开枪了！"

"你们要永远离开，不能再回到这——"

枪声响了。不知道对方哪个开的枪，枪声一响，大家都弯腰四处躲避。随着第一声枪响，枪声密集了，整片林子都被枪火照亮，弥漫着浓烈的火药味。

乌日和乌拉顶着盗猎者们猛烈的攻击，迅速滚向近处的灌木丛里，回击着。盗猎者们也藏在了植物后面，不停地对着乌日和乌拉所在的灌木丛射击。在接连不断的枪声中，乌日听到对方内部起了争执，其中一人指责另一人："你开火了。是你先开的火。谁让你开火的？！"那人答道："我不是有意的，我太紧张了。枪走火了。""你开火之前能不能暗示一下，让我们大伙儿做好准备？你这样做，都快把大伙儿吓死了。那人死了吗？你开枪把那人打死了吗？""他倒下了，我没看清射中哪儿了。"另一人插嘴道："都什么时候了，还在争吵？别管死没死了，反正现在是解释不清了。这么大的枪声，他们部落里的人马估计很快就会赶到，咱们还是速战速决吧，瞅准机会撤退。"

乌日看向那片空地，吉登倒在那里，面朝下，伏倒在那里，不知是死是活。双方都躲藏在茂密的灌木丛里，谁也看不清谁，只是凭着直觉乱射一通，靠流弹击中对方。如果不是倒运，饮弹的概率小之又小。枪声渐渐弱下去，他们知道，这样乱射，谁也伤不了谁。那一伙人率先停止了射击，趁着乌日、乌拉还摸不清情况，弯着腰逃走了。乌日和乌拉虽然听到枪声停下了，可还弄不清对方是否已经离开，他们不敢轻举妄动。直到他们听到远处林子里响起马的嘶叫声，才知道对方已经乘着快马逃跑了。乌日和乌拉连忙跑向那片空地，把倒在地上的吉登扶起来。这时他们看到吉登的心脏不偏不倚地中了一弹，血水停止流淌，已经凝固。吉登的瞳孔已经涣散，嘴唇发紫，身体在逐渐冰凉。

那一天，哈库失去了他的父亲。

犴湖是以犴达罕命名的。犴达罕是一种鹿，也叫驼鹿，棕色，脖子下有鬃毛，是体态最大的鹿种，体长可达两米。雄鹿脑袋上长着硕大的板块状的犄角，看起来十分威猛。它们善于游泳，常在湖边出没。久而久之，大家就把那个没有名字的大湖唤作了犴湖。犴湖的周围常有动物出没，它们来湖边饮水或者洗澡，野兔也会来，野兔的巢穴通常建在湖附近的灌木丛里。哈库正是冲着这一点来的。

哈库沿着一条人迹罕至的小径来到了犴湖。一路上，他看到无数细碎的马蹄印和猎犬的梅花状脚印，还有爬犁划过的浅浅的痕迹。他想，今天他不是第一个来这里的人，有人比他先到了。果不其然，他从山林里走出来后，一眼就看到了阿拉尔大爷，那个善于冰上作业、身体还很硬朗的阿拉尔大爷。哈库看到阿拉尔大爷站在湖中央，正在湖上凿洞。湖中央？原来犴湖已经结冰了！哈库这才想起，冬季的犴湖会结很厚的冰，足有一尺多厚。这个季节不会有动物跑来这里饮水，更不会有兔子在这里出没，它们渴了去舔雪就好了，不会傻不拉几地跑来啃冰块。他一拍脑门，为自己的愚蠢和差记性感到脸红。他发觉自己已经不再像小时候那样对狩猎了如指掌了，很多东西在他的记忆里逐渐淡化，逐渐消失，就像汇入大海的小溪，渐渐找不见踪影。他再也不像从前那样，再也不像一个世代生活在森林里的人了。

两只洁白的雪鸮从大湖上方的一端飞往另一端，发出悠长而低沉的叫声。哈库向阿拉尔大爷走去。阿拉尔大爷正在挥舞沉重的冰钎击凿冰块，他离哈库五百米远，他那匹灰马在更远处站着，马套上了爬犁，它伫立不动，像一座冰雕。两只猎犬在一旁东嗅西嗅，看到哈库后，摇着尾巴吠起来。阿拉尔大爷停下手中的活计，望着哈库走近。

"当心，那里有一个窟窿。"他提醒说，"当心别掉下去。"

哈库在冰面上扫视，发现了阿拉尔大爷说的那个冰窟窿。他绕过冰窟窿继续走着。冬天掉进冰窟窿里可不是闹着玩的。

"穿成这个样子，你还真打算去打猎啊。"阿拉尔大爷说。

哈库有些难为情似的涨红了脸，他举手摸了摸后颈，说："本来想着打几只野兔呢……"

"哪还有野兔啊？"阿拉尔大爷说，打眼瞅了瞅哈库背着的猎弩，"就算有，就凭你这把破弩就想打到它？它又不是傻狍子，站着给你打？"

哈库更窘迫了。

阿拉尔大爷没注意到哈库的窘迫，他把冰钎放下，给烟杆填上一撮烟草，用火柴点着，吸了两口，烟草红炭一般燃烧起来。"现在不比以前啦，现在这年头哪还有什么猎物！"他甩了甩火柴梗，丢在脚下，火焰触到冰面，哧的一声灭了，"一天比一天少，都快没影儿了。"两只猎犬跑了过来，一只乌黑，一只白色带斑点。乌黑色的那只跑到哈库跟前，边摇着尾巴边使劲嗅哈库的裤脚。

哈库真后悔带猎弩来。

阿拉尔大爷说："你应该捕鱼，这犴湖里的鱼可真多。"

"我没渔网。"哈库说。

"我可以借给你用用，这一网下去就够吃很多天的。"

哈库想起巴图喜爱吃鱼，而自己还从没为他捕过鱼。

哈库说："我能帮上你什么忙吗？"

阿拉尔大爷把烟杆里的烟灰磕出来，收起烟杆："不用，你看着就行。你看我一个人是用什么办法把鱼捕上来的。"

哈库看着阿拉尔大爷继续凿冰眼。阿拉尔大爷戴着御寒性能很强的狗皮帽子，穿着厚实的棉大衣，手上戴着毛茸茸的鹿皮手套。他已经六十多岁了，身体还是很硬朗，他也是第一批来冰原镇居住的猎民。自从政府禁猎以后，他就不再打猎，改行捕鱼了。夏季撑着小船下渔网，有时也钓鱼，冬季则在冰上凿洞，下渔网。镇上的人都从他这里买鱼吃，很少有人像他一样冒着严寒在湖上凿冰捕鱼。他看不惯那些还对打猎念念不忘的年轻人。"哪还有猎物啊。"他习惯这样说，"如果猎物还多的话，政府也不会下禁捕令了。给后代子孙留点儿看头吧，别毁绝了。"哈库知道他不想看到自己背着猎弩谋划着打猎，但是已经看到了，再多说也没用。

"我已经凿了两个冰窟窿。"阿拉尔大爷边使劲凿着冰块边说，"这是第三个。我还要再多凿几个。"冰钎的头十分尖锐，击打在冰块上，能把冰块震碎、崩开。细碎的冰块沫子四处飞溅。不一会儿，冰窟窿里透出了水。他继续敲打着冰窟窿的边缘，向周围拓展，冰窟窿在不断扩大。

哈库把猎弩和箭筒都取下来，搁在冰上。他拿出烟点上，默默地看着阿拉尔大爷凿冰。他真想上去帮点儿忙，他不想袖手旁观。他站在两米远处，冰屑依然溅到他身上、他怀里，有的溅到他的脖子里，随即融化，非常凉。

"这个冰窟窿凿成了。"阿拉尔大爷停下来喘着气说。

哈库凑近去看，只见那个原本很狭窄的冰窟窿，竟成了个宽长约莫二尺的四方形。

"这样的冰窟窿还要再凿上几个。"阿拉尔大爷又说道。

随后他又去凿冰了。

太阳升高了，柔和的光线射在湖面上。湖上结着一层厚厚的冰，太阳光没能把它融化丝毫。这个时候的阳光还不猛烈，再过几个月，到了春末，湖面的冰块才会逐渐解冻。现在的冰块还十分厚实，拉满木材的马车从湖面上走过，也不会有任何危险。

一阵冷风吹过，湖面上细沙似的霜花像微小的浪潮一样随风涌来。

过了半个钟头，阿拉尔大爷终于把所需的窟窿都凿好了。

他吐口痰，清清嗓子，把冰钎扔到一旁，拿起一根长长的穿杆儿。这根穿杆儿又细又长，有十五米长，刚好够两个窟窿之间的距离。"我把这穿杆儿从第一个冰窟窿贴着下面的冰穿过去，杆稍儿到了第二个冰窟窿，再从第二个冰窟窿接着往前穿，一直到最后一个冰窟窿。"他边说边把穿杆儿伸进水中，哈库看到，那根穿杆儿贴着水中的冰面笔直飞速地前进着，像一条细长的游蛇。阿拉尔大爷在穿杆儿的尾端系上了绳子，那是一整盘很长的麻绳。穿杆儿全部没入水中后，绳子也跟着进去了。阿拉尔大爷跑到第二个冰窟窿口，拿起地上的钩杆，钩住穿杆儿，用钩杆的钩子代替人手，抓住水中冰凉的穿杆儿，向前推动着。

"这叫钩杆儿，"阿拉尔大爷背过身对哈库说，"用它来推动穿杆儿。穿杆儿泡了冰水，太凉了，用手抓会把手冻掉。再说了，胳膊也没那么长，趴着太费劲儿。这冰有一尺多厚。"

"这些东西都是你自己做的吗，"哈库问，"这钩杆儿、穿杆儿？"

"是啊。"阿拉尔大爷自豪地说，"都是我做的。做起来不算难。"

"咱们镇上现在也就你会弄这些东西。"

"差不多是吧。"阿拉尔大爷说，"搁以前，会捕鱼的人多，现在不行了。这一套，现在的年轻人都弄不来。"过了一会儿，他又说，"他们对这不感兴趣，这才是主要原因吧。"

"是啊，"哈库说，"这就是事实。"

"他们不喜欢捕鱼，也不喜欢打猎，像你一样还有心思打猎的已经很少了。他们就喜欢喝酒，喜欢待在酒馆里，一杯一杯往肚子里灌，就像在喝白开水。我那个不肖子，唉，说了也没用，他都已经离世了，再说也听不见了。可是，哈库，你想想，若不是因为酒，他会走得这么快这么突然吗？不会，他没病，身体好好的，就是酒把他毁了。酒把他的血管烧毁了。县里的医生是这么说的，说他还能活很多年，如果戒掉酒，他还能活很多年。起码不会比我先走。唉，他都走了，说啥也没用了。"他看向哈库，目光灼灼，"哈库，你爱喝酒吗？"

"哦，"哈库一时有些局促，"我喝，偶尔也会去酒馆。"

"听我一句劝吧，孩子，酒不是好东西，少喝，少喝！"

"我知道啦，大爷，我以后少去就是啦。"

"米娅，"阿拉尔大爷忧心忡忡地说，"米娅已经不在了。你要是再不在了，巴图可该咋办呢？"

这句话让哈库一惊，他从未考虑过这一点。他很勉强地答道："我会保重身体的，会的。"他想起巴图那张懵懂的小脸，又想起过世的妻子的面容，心里顿时针刺一般。

阿拉尔大爷熟练地操持着钩杆，使走杆儿笔直向前移动。他抬起头看了哈库一眼，目光落在哈库瘀青的眼角上："孩子，你的眼角咋回事？"

"在门扇上碰了一下。"哈库说。他还在想着喝酒一事，脑子乱作一团。他想，喝酒真的能带来那么严重的后果吗？

"你在撒谎。"阿拉尔大爷睿智地看着他，十分确定地说，"你昨天去塔吉克酒馆了吧！"

哈库知道掩饰不了，索性就坦白道："去了。"

"那就是啦。你那眼角是被人打的，没错吧？"

哈库点点头。

阿拉尔大爷缓慢地摇着头，叹息一声，拿起钩杆，走向下一个冰窟窿。

哈库在后面跟着。

哈库看到阿拉尔大爷停下来，重复着之前的动作。还有好多个冰窟窿，他要一直这样重复，直到穿杆儿抵达最后一个冰窟窿为止。

"你和妮娜的事怎么样啦？"

"啊？"哈库有些不知所措。

"小子，你给大爷装傻是不是？"

"没，没有啊。"哈库急切地说。

"还说没有？"阿拉尔大爷用审讯似的眼光打量着他，"镇上的人谁不知道？就连我这个不爱打听事儿的老头子都听说了。"

哈库涨得满脸通红，真后悔今天来犴湖。

"你听说什么了？"

"我听说啊，你和妮娜走得近，不是一般的近。他们说你和妮娜睡一起了，有这事儿吗？"

"没有，没有。"哈库连声否认，"没有这回事。"

"没有吗？"

"没有！"哈库想起这些就有些火大，"不知道哪个杂种造的谣，害得妮娜要和我一起背这黑锅！"

"孩子，无风不起浪啊！"

"可是，我和妮娜之间什么都没发生。我是清白的，她也是，什么都没发生。"

"嗯，你说这话大爷信，什么都没发生。"

"是真的！"

"嗯，是真的。"阿拉尔大爷说，"话说回来，你喜欢妮娜，不是吗？你喜欢和她亲近，这也是真的吧？"

这些哈库无法否认，哈库是喜欢妮娜，喜欢和她亲近。

"我是喜欢她。"哈库说,"我喜欢她不假。如果不是瓦沙抢先,现在和妮娜在一起的很可能是我。虽然这样说很对不起米娅,但事实就是这样,如果瓦沙当初没先下手,妮娜很可能会和我在一起。"

"瓦沙,"阿拉尔大爷说,"他现在还活着,对吧?"

"是啊,活得好好的。"

"活得好好的,就算成了半截人,也活得好好的,对吧?"

哈库沉默地点点头,双手微微颤抖,点上一根烟。

"那我就要劝你一句,趁早死心。"

哈库静默地吸着烟,听他继续说。

"我不得不劝你,哈库。你和瓦沙可是一个部落里长大的。就算瓦沙成了半截人,可还活着。他活一天,你就一天不能和妮娜在一起。谁也不想眼睁睁看着自己的妻子和别人勾三搭四的,对吧?"

哈库闭上眼睛听着,猛吸两口烟。他真后悔来犴湖,可后悔也没用了。他继续听着,即便这些话他一句也不想听。

"对吗,哈库?"

"我和妮娜没有半点儿不正当的关系。"

"这样最好。"阿拉尔大爷停下手中的钩杆,"这样最好。我只是给你提个醒,免得你走进泥沼。"

"我记住了。"哈库说。

"你去捡点儿干树枝,哈库。"阿拉尔大爷转移了话题,指着湖边被雪覆盖的树林,"你去那里捡点儿树枝,待会儿我打几条鱼,咱们一起吃点儿鱼,坐下来谈谈。"

哈库很想离开犴湖，离开阿拉尔大爷，但他一时想不出什么合适的理由推脱。

　　"我吃过早饭了，还不饿。"哈库说。

　　"我没吃，孩子。我还饿着嘞。就当帮大爷个忙，去吧，找点儿干树枝过来。"

　　哈库转身向岸上走去，寒风刺骨，他心里更凉。他走进了树林，柞树与桦树坏死的枝干落了一地，踩上去咔吧作响。地上有雪，他怕这些干枝浸了雪不好点着。他用脚把雪踢开，捡起干枝。他捡了一大堆干枝后，坐在上面休息，脑中还在回想着阿拉尔大爷的那番话。他感觉心中有一块巨石压得他缓不过气来。他连续吸了好几根烟，直到嗓子火辣辣地疼，才掐灭了烟，站起来。

　　一只野兔从十米开外的雪地上跳过，哈库起了奔过去追赶的冲动，可是一想，猎弩还在湖上，箭筒也在湖上，都没带在身边。他抱起那堆干枝，向犴湖走去。他走出树林，在湖边停下。他放下干枝，又清理出一块干净没雪的平地，等着阿拉尔大爷过来。哈库看到阿拉尔大爷已经从最后一个冰窟窿里取出了长长的走杆儿，把走杆儿尾端的绳子解开，拴在爬犁上。他在灰马的背上猛拍了一下，马开始走动，爬犁上的绳子也被拉扯着向前移动。他向第一个冰窟窿跑去，那里放着一盘不断缩小的绳子。他跑到了地方，把绳子系在网眼儿很粗的粘渔网上。渔网随着绳子从冰窟窿进入水中。

　　"你喜欢吃鱼吗？"阿拉尔大爷问。

　　他在哈库身边坐下，要哈库递给他一些干枝。

"巴图很喜欢。"哈库说。

"你可以吃点儿烤鱼,我敢说,你很久没吃过烤鱼了。"

阿拉尔大爷从大衣内侧口袋里掏出一团旧棉絮,倒了煤油,丢在干枝上。火一下就点燃了。干枝发出噼里啪啦的爆裂声。

"很久了,"哈库说,"应该说,很多年了。"

"有些年头了。"阿拉尔大爷望着眼前的火焰,陷入了回忆,"那时还没禁猎,大家还在山林里生活。我记得那时成天都能吃到烤鱼。你父亲还在,他可是个捕鱼的好手啊!你父亲比我大,大十几岁呢。他去世那年,我三十多岁。我记得,他去世前一天还在白桦河里捕到了二十多条两斤多重的细鳞鱼呢!他把鱼穿在一条枝干上,扛着那条穿满鱼的枝干回到部落。大伙儿看到他打了那么多细鳞鱼,高兴极了,都围过去迎接他。大伙儿把鱼穿在树枝上,放在火上熏烤,闻着那个香味,口水直流。真香!那时候的细鳞鱼要比现在的香。大伙儿把细鳞鱼烤熟,撒上一层盐,吃了个痛快。我记得是边吃边喝着烧酒,那是好时候,那时真痛快啊。"

阿拉尔大爷说到这里,从怀里摸出一小壶烧酒,仰起脖子喝了一口。哈库目瞪口呆地看着他,心里想,大爷刚刚还在苦口婆心地劝他不要喝酒,这会儿自己倒喝上了。哈库忍住笑,说:"阿拉尔大爷,您也没戒酒啊。"

阿拉尔大爷装作没听到,仿佛哈库的话都被风吹走了。他把鹿皮手套摘掉,在火上烤着手。他继续说道:"那是个好时候,那时候猎物多,偷猎的少,打猎还很容易。你父亲吉登,是最让人景仰的猎人。他打猎最厉害，身手很敏捷，做人也非常谦虚。老实说，我尊敬你父亲，他是个值得大伙儿尊敬的人。他从不私藏猎物，不论打到多少都拿出来给大伙儿分享，一点儿也不私藏。那时有个叫阿仁嘎的，和我年纪差不多大，就喜欢私藏猎物，偷偷填饱自己的肚子。每当猎物紧缺的时候，他就这样干。你父亲很看不惯他。后来有一年冬天，阿仁嘎喝醉了酒，夜里出去撒尿，倒在了地上。第二天大家发现他时，他已经冻僵了，全身硬邦邦的，像个大冰块。我们这片山林，在冬天可千万不能晕倒，如果有人及时发现还好，要不然，倒下了，就永远站不起来了。零下几十度的天气可不是闹着玩的。你父亲去世那年，你几岁？"

"六岁吧。"哈库说。

"六岁，嗯，你应该和我那个不肖子差不多大。他那年也六七岁。你父亲离开得太意外了，大伙儿都还等着他回来呢，狍子肉都给他留了两大块。据乌日、乌拉两兄弟说，是对方开了黑枪。是啊，要不然身手敏捷的吉登怎么会中枪呢？我们听到枪声雨点似的响起来，就知道动起手来了。你父亲，他身手敏捷着嘞，竟然会中枪。听到枪声响，部落里的男人们拔腿跑回各自的营帐，抓起枪就赶了过去。可到了地方，枪声已经停止了，乌日把你父亲抱在怀里。你父亲胸口中了一弹，这一弹要了他的命。那伙该死的偷猎者已经逃得没了踪影。我们朝着他们逃跑的方向追了过去，看到了他们慌忙逃命时砍断的马绳，他们是骑着马来的。地上还掉落了几袋上好的皮子，他们顾不得捡，就让它们掉在地上。他们胆子太小了。你父亲死得太亏了，竟然死在这帮胆小鬼手里。乌日说，在遇到那伙人后，你父亲只是想跟他们好好谈谈，手中并没有拿枪。他们看到你父亲走近，吓得两腿不停地抖，像狐狸看到了熊。他们这伙人心肠可真够歹毒的，你父亲明明没拿枪，他们还冲他开枪，可真不算男人，这种事都干得出来！"

阿拉尔大爷从地上拿起烧酒，又喝了两口。他把酒壶递给哈库："哈库，来两口吧。"

哈库接过来，喝了。

"咱们先喝点儿酒热乎热乎。"阿拉尔大爷说，"待会儿我去收一截渔网，弄几条鱼，咱们就可以边吃边喝了。不过，我就带了这一壶酒，不知道够不够喝。"

"这酒很烈。"哈库把酒壶还给他。

"是啊，"他说，"这样的酒才带劲呢。"

他接着说："若你父亲还活着，照我说，他是不会离开山岭来到这个镇子的。就像你母亲一样，她不是还在山上吗？她一个人。要是你父亲还活着，会陪着她的。他舍不得离开，就和你母亲一个样，就算禁猎了，也不会离开。我了解他。我和他一块儿打过猎，还常常像现在咱们俩这样，边喝烧酒边聊天。我对他再熟悉不过了。哈库，你知道吗？他不会离开林子的。"

哈库看到那匹灰色的骏马在冰湖上走来走去，绕着圈子，但没有离开冰湖。那两只猎犬追逐着，一前一后跑了过来，风把它们的尾巴吹得倒向一边。

"我不是太了解他。"哈库如实说，"我对他的印象不是太深。"

"没错。那时你还小。"阿拉尔大爷说,"你太小了,你还不了解他。要是你再大一点儿,你就知道我说的没错啦。"

两只猎犬跑到了火堆旁,在阿拉尔大爷身边卧下,一边卧着一只。

"我记得他很威猛,走路像刮风似的。"哈库说。

"一点儿都不假,就是那样。整个部落,数他最威猛。"

"可是他又很慈爱,对我很慈爱,从没打骂过我。我记忆中,就算做错事了,他也从不动脾气。我没见他对我发过火。一次都没有。"

"那就对了。他就你一个孩子,他在快五十岁的时候才有了你。他当然最爱你了。整个部落的人都知道,他最爱你,毕竟你是他唯一的孩子。"

两人坐在篝火旁,你一句我一句地交谈着,氛围融洽。阿拉尔大爷没再提妮娜的事,只是在回忆遥远的往事。两人都沉浸在其中,望着噼啪作响的篝火,仿佛回到了久远的年代。

太阳逐渐升高,过不多久就会升得更高。

哈库站了起来。

"阿拉尔大爷,我要回去了。"哈库说,"巴图待会儿就放学了,我还要给他做饭呢。"

"怎么,不喝酒了吗?"

"不喝了,改天再陪你喝。"

"鱼也不吃了?"

"回头再吃吧。"

"这样吧,哈库,晚上我去给你送几条细鳞鱼。"

第六章

林　场

***

哈库回到镇子时，学校已经放学了。他路过学校门口，学生
三五成群结伴走出校门。孩子们裹在厚厚的棉衣里，一个个看起来
就像圆滚滚的小雪球。他等着，倚着一株柳树。柳树很老了，长在
学校门口左侧的空地上，树身粗大，枝条十分密集，枝条上挂满了
晶莹剔透的雪挂，在太阳光的照射下闪闪发光。树梢上落着两只寒
鸦，不停地扇动翅膀，发出怪叫。他在人群里巡视着，放学的铃声
刚响不久，巴图应该还没走出校门。哈库点上一支烟，吸了两口，
丢在脚下踩灭。

巴图独自走了出来。他没看到父亲，树身把哈库挡住了。

"巴图。"哈库叫道，冲他招手。

巴图走了过来。哈库把他揽到怀里。

"今天上课打瞌睡了吗？"哈库边走边说，把手放到他的肩上。

"没有。"巴图说。

"我看看还发烧吗？"哈库把手放在巴图的脑门上，"不烧了。"

"你上课再打瞌睡可找不到好理由了。"哈库笑着说。

巴图也笑了。

"爹爹，你怎么在这里啊？"哈库此前从没接过巴图放学。

"我路过这里。"

"你去哪儿了？"

"去犴湖了。"

"去那儿干吗？"

"打兔子。"

"兔子呢？"

"没打着。"

"用什么打的？"

"猎弩。"

"猎弩呢？"

"是你路平叔叔的，我给他送回去了。"哈库去给路平送猎弩时，路平不在家，他还在林场。中午工人是不回来的。哈库把猎弩和箭筒从窗户塞了进去。

路上有学生和巴图打招呼，巴图冲他们挥着小手。

"爹爹。"

"嗯？"

"你去过天安门广场吗？"

"没去过。"哈库摇摇头。

"哦。我还以为你去过。"

"为什么这样觉得？"

"从你的相片里看到的，和书本上的一样。"

哈库和米娅初来冰原镇时，镇上开了一家照相馆。花十块钱，哈库和米娅拍了一张合影，背景布是天安门广场。哈库想，难怪巴图会如此发问，想必他是把两者联系在一起了。

"那不是在北京照的，是花钱在镇上照相馆里照的。那是背景布，有很多种，十块钱就能照一张。"

"哦。"

"怎么，巴图，你想去北京？"

"天安门在北京，是吗？"

"对，在那儿。"

"我要去北京。"说完，巴图跳着跑开了。

哈库追了上去。

中午的冰原镇到处都是烟火味儿，各家各户屋顶的烟囱里冒着袅袅炊烟。饭菜的香味在空气中弥漫。

哈库给巴图做饭，巴图坐在桌前写作业。

"你长大了就可以去北京，前提是把语文学好，把普通话讲好。"哈库一边往炉膛里加柈子一边说。

巴图回过头，说："爹爹，你没上过学怎么会说普通话，你在哪儿学的？"

锅里煮着干硬的鹿肉，沸水咕嘟嘟地冒泡，要把锅盖顶开。哈库掀开锅盖，捞起一块鹿肉尝尝生熟和味道。肉已经完全熟了，咸淡也刚刚好。他用笊篱把肉全部捞出来，放在一个铁盆里。

"我们在山林里时，就能说一点儿汉语。"哈库说，"来到冰原镇后参加过培训，细致地学习了一遍。"哈库用水瓢把煮肉的水捞到泔水桶里。他在锅中加上三碗清水，捏了一撮细碎的茶叶，连同几块干奶酪丢入锅中。他把锅盖盖上，坐在炉膛前的矮凳上，继续往炉膛里加劈柴。过了一会儿，他像忽然想起了什么，把锅盖又掀开，在锅里架上笼屉，放上列巴，重新盖上锅盖。

"那你为什么没去过北京？"巴图说。

"我要工作啊，"哈库说，"我要在林场工作，伐木头，没机会去。你好好学习，就能去北京，去天安门，去那里看看。你好好学习，就不用干伐木头的活儿了。"

"我会好好学习的，也会好好学习语言的。等我长大了，爹爹带我去，好不好？"

"啊，好。"哈库说，"等你上了大学，就带你去。你可以去北京上大学，可以在北京好好待待。"

哈库把那盆鹿肉端上桌，喊巴图吃饭。

巴图过来坐下，抓起一块鹿肉就啃，哈库说："洗手了吗？"巴图撇撇嘴，乖乖地去一边洗手。哈库把鹿奶茶倒在两个大茶缸里，把其中一个递给巴图。

"先喝点儿奶茶暖暖胃。"哈库说。

巴图喝了几大口，放下茶缸，再次抓起鹿肉啃起来。

哈库把列巴掰开，把其中一块放到巴图的茶缸上："吃点儿列巴。"随后他自己也吃了起来。他一手拿鹿肉，一手拿列巴，一边啃鹿肉，一边咬列巴，嘴里塞得满满的。

鹿肉是哈库从山上扛回来的。十天前，他去山上看母亲。和往常一样，他到的时候已是傍晚。他看到母亲倚在鹿栅栏上，不停地吹着鹿哨。哈库走过去，问母亲是怎么回事儿。他看到栅栏里鹿都已经回来了。母亲说，少了一只鹿。哈库以为母亲年纪大了，看花了眼，他转头看向栅栏里的鹿，默默数了一遍。原来有三十只鹿，现在的确少了一只。这种事儿并不常见，往常只要听到鹿哨声响起，鹿群就会停下吃食，一只不差地准时回来。它们很通人性，知道主人在唤自己，即便对食物再留恋不舍，听到鹿哨也会第一时间赶回。它们都在附近的山岭上，不会走远，更不会迷路。那只白色的鹿王最听话，它听到鹿哨声后会立即低声叫唤，就像遇到危险时那样把鹿群召集到一起。由它率领的鹿群，每次都在鹿哨响起后尽快赶到母亲的营地，从来没有出过差错，也从不会让母亲费心费力去寻找。这一次，竟然少了一只。这种情况多年来第一次出现。哈库让母亲回营帐里休息，他抓起一把奶酪放在口袋里，匆匆走入了落日余晖下的山林。

哈库大口嚼着母亲做的奶酪，香甜伴着少许的酸涩感在口中融化。他一连嚼了七八块，饥饿感得到了缓解。奶酪携带方便又十分顶饱，是猎人们去山林里打猎时最常带的干粮。

随着太阳落山，林子里光线越发阴暗。他踩着积雪，每走一步就停下来吹会儿鹿哨。哨声悠长，在沉寂的林子里传得极远。几只松鼠看到他，在枝干上几个蹦跳，迅速躲进了温暖的树洞里。哈库循着鹿群的蹄印行进。起初，鹿群在一条林间小道上留下了一排密集而整齐的蹄印。他跟着蹄印走出一公里后，发现地上的蹄印乱了起来，不再是整齐一致地行进，而是呈放射状三三两两散布开。他便想到，这就是鹿群散开觅食的地方。

他不再吹鹿哨，就一动不动地站着。接着，他像圆规似的转了个圈子，还是毫无发现。他再次扩大半径，继续搜寻。每次搜寻无果后，他都扩大搜寻范围，转的圈子越来越大。他很希望找到这只失踪的鹿，它和鹿群里其他的鹿一样，是母亲孤寂的晚年生活里必不可少的存在。丢失任何一只鹿，她都会难过很多天。它们在山上陪伴着她，也是她唯一的陪伴。她给每一只鹿都起了名字，能认出它们来，无论在外人看来它们长得多么相像，她都能准确无误地叫出它们的名字。每到驯鹿产崽的季节，她都会把多余的鹿奶挤到一只木桶里，她自己喝得不多，通常是让哈库带下山，给巴图喝。她留一些鹿奶做成奶皮子、奶酪或者奶渣子。奶酪和奶渣子可以存放很久，冬季拿来煮茶喝或者干吃，不过，她嚼不动干酪。她把奶酪和奶渣子装在一只很大的布口袋里，每次哈库上山，她都给他装一些。这样，哈库每一次上山都不会空着手回去。每次看着儿子带着自己给的东西离开，她就很满足，很欣慰。她觉得自己虽然年迈，但还是能帮到儿子。

哈库从一座山岭走下来，进入一片长满柳树的山坳。口袋里的奶酪已经吃完，他不饿了，心思全用于寻找那只失踪的鹿。他把鹿哨吹得更频繁、更响亮，然而，还是没有发现鹿的身影。哈库有点儿气馁，天色已经黑下来了，他的视线大大受挫。就在他快要放弃的时候，他听到远处有窸窣的动静。他骤然紧张起来，自己手无寸铁，如果遇到狼群就不妙了。他随手抄起一根木棒，粗细长短正合适，他把这根木棒拿在手中，感觉踏实了很多。他缓缓移步向前，想一探究竟。哈库两手握着木棒，紧绷着神经走近，找到了声音的来源。

哈库刚看到他时，并没弄清楚他是人还是熊，因为他正背对着哈库。那姿势，虽说是人，但也十分像一只蹲坐着的熊。他蹲坐在柳树下，鬼鬼祟祟，不知道在干什么。直到哈库踩到一截枯枝，发出咔吧的断裂声，他才猛然回过头来。哈库这下看清了他的五官，是个人。他浑身漆黑，头发黑长，夜色下，看不出他有没有穿衣物，或许穿了，长久未洗，和夜色一个颜色了。只有他的面目和双手还勉强保持着人的模样。他瞥到哈库的一刹那，惊讶得眼珠溜圆，像受惊的野兽一样跳开了。他跳开以后，地上那只死鹿没了遮挡，出现在哈库面前。原来是他猎杀了那只鹿。他不等手持棍棒的哈库反应过来，拔腿就跑，像受到威胁的野兔，一眨眼就没了影儿。哈库回过神时才发现他已经跑掉了。哈库提着棍棒在林子里追了一阵子，但林子太大，树太密，天太黑，加上那人熟悉地形，跑得又快，早已不知去向，这样毫无头绪是很难追上的，哈库放弃了追逐。

哈库回到那只死鹿旁边，蹲下来察看鹿的死因。鹿的额头被石块砸破了，黏糊糊的血顺着脖颈淌下来，把倒地一侧的皮毛都浸湿了。哈库发现，鹿的一只后蹄被套索紧紧箍住了。他立刻想到，鹿是中了那人布下的陷阱。他把四周仔细地检查一遍，发现了设置陷阱用的木架、绊索、麻绳，不远处还有一根又粗又重的原木倒在地上。他明白了，这只鹿碰到了绊索，触发了木架机关，套索自动收紧箍住了鹿蹄，那根笨重的原木带着绳索向一边倒下，绳索一头系在原木上，另一头系鹿蹄上，中间经过柳树叉，原木的重量把鹿吊在了半空。哈库发现时，那个人或许刚刚用石块把鹿砸死，正在解开鹿蹄上套索的活结。

哈库想象不到那人是从哪儿冒出来的，他从没见过这种人，与其说他是人，倒不如说他是野人。不过，从这么复杂的陷阱就可以看出来，那人显然有比野人更聪慧的大脑。往常，哈库来看母亲都会整日陪伴在她左右，为她洗洗衣服，做做饭，忙完之后，母子两人坐在炉火边，一边烤火一边唠嗑。但这一次，哈库一反常态，他清晨出发，一直到偏下午的时候才回到母亲的营帐里。母亲问他干什么去了，他没说实话。其实就算他不说，母亲也能想到他干吗去了。那只鹿的头骨都被砸碎了，他肯定是找人算账去了。哈库的确是一整天都在找那个人，他把附近的山岭、山坳、溪流都转了一遍，能找的地方都找了，就是没找到。哈库感觉到那人并没走远，指不定在什么地方躲着呢。哈库弄不清对方是什么人、什么来头，但知道他肯定还惦记着肥美的驯鹿肉，还会再次出手。因为第二天还要上工，哈库不得不在当天傍晚离开，走的时候，母亲让他带上那只鹿。鹿已经死了，鹿肉浪费了实在可惜。哈库带上那只鹿，下山了。

哈库上次没有抓到那人，心里一直惦记着，有些惴惴不安。他觉得那人还会再次出手。这两天，操心着别的事情，他竟然把这事儿忘了。此刻，他和巴图啃着鹿肉，他再次想起来，越想越不安。他暗暗决定，抽空回山上一趟，看看那人是否又出现过。不把那人抓住，他心里总是很不踏实。

巴图去学校后，哈库坐在炉边的椅子上，吸着烟，盯着火苗发呆。他预测下午若是就这样一直坐着，将会十分无聊。他拿不准主意，不知道该去哪儿打发时间。他有点儿后悔请假了。上午，猎物没打到，还被阿拉尔大爷说叨了一番，现在到下午了，他又不知道该干点儿啥。难道就这样枯坐着等天黑吗？不行，哈库想，必须出去走一走。可是该去哪儿呢？去妮娜酒馆？也不行，想到妮娜，哈库很快就否决了。现在酒馆里没人，倘若自己单独去，被人看到又要成为话柄。阿拉尔大爷给他提的醒犹在耳畔，他现在只想和妮娜保持距离，能不去妮娜酒馆就尽量不去。哈库用舌尖舔了舔嘴唇里侧一角，那里有个小地方破皮了，是布尔特打的。此刻静下来，他忽然发觉嘴角有异，他不停地用舌尖舔，最后用牙齿咬了一块皮下来。去塔吉克酒馆也不成，哈库想，若是妮娜知道了，会很生气。他只有在拳赛那天去，妮娜才不会生气。她气哈库不去她的酒馆，也气哈库在乎流言蜚语。曾经发生过这种事，妮娜对他置之不理，凭他怎么解释都没用。一连过了好多天，妮娜才消气。打那次起，哈库就不敢再惹妮娜生气了，也正因此，他很少去塔吉克酒馆。既然不能去酒馆，又没了上山打猎的兴致，那还能去哪儿？

哈库想着想着，又想到了山上那个野人。十多天过去了，不知道他有没有再兴风作浪。不管怎么说，自打那次在朦胧的夜色中相遇，他就成了哈库心中的一个结，哈库每每想到就感觉很别扭。

那就去林场吧，哈库想，找安奇队长再请两天假，回一趟山上，再寻一寻那个野人。一天不把他抓到，哈库心里就一天不踏实。他这么想着，把烟屁股在炉灶上捻灭，站起身，走出了屋子。他发现自己还穿着一身破旧的狍皮衣，就又返身回来把衣服上上下下全换了，水獭皮冬袄也穿在了身上。他把房门的钥匙装在冬袄的口袋里，又装了几根卷烟。火柴所余不多，他从抽屉里拿出一盒新的。他把房门锁上，向正西方向走去。林场就在那个方向。

哈库走上一道山坡，山坡后有片空地，那里就是伐木队安营扎寨的地方。现在伐木点离镇子不远，晚上不用睡工地，可他们还是在工地上搭了一个帐篷，可以用来放食物、衣服、用具、餐具，中午累了也可以在里面打个盹儿。帐篷附近的树木都已经被伐掉了，每个碗口粗细的树墩旁都有成堆雪花似的锯末，它们散发出的木头香味，隔老远就能闻见。哈库登上山坡前，就听到了喧闹的人声，等他站在山坡顶上向下望去，就看到了他们——他的队友。他们在帐篷前的空地上聚着，围坐在一堆篝火边，篝火上架着一口吊锅，锅里煮着东西，应该是骨头汤，汤锅冒出滚滚白气，哈库闻到了肉汤的味道。

哈库朝他们走过去。希波儿正在盛汤，他一抬头，看到哈库在走近，忙用汤勺冲哈库挥了挥，说："瞧，谁来了？"大伙儿纷纷转过头。

这支伐木队一共有六人。年龄最大的是队长，名叫安奇，他四十多岁，不到白头的年纪，头发却白了一半；不到驼背的年纪，背却驼了。他的面容看起来显老，不知道他真实年龄的会以为他五十多岁了。安奇把胶靴脱了，举在篝火边烤。林子里的雪深，常在雪地里走，靴子进雪水是难免的。每次饭后，大家会不约而同地脱了鞋，先烤一遍冰凉的脚掌，再烤毛袜，最后烤胶靴和鞋垫。这些程序都是必不可少的，靴子不暖和，身上也不会暖和，身上冷，整个人都萎靡不振，长此以往会生病。

哈库走到他们身旁，也蹲坐下来。路平给哈库找了个矮树墩，哈库在上面坐下。

安奇摆弄着手里的胶靴，目光转向左侧的哈库，直视着他："听说你病了？"

哈库轻咳了一声说："哦，是啊。"

"听说你得了痔疮？"

"啊——"哈库一时没反应过来。过了片刻，他才想到这一定是路平替他请假时撒的谎。找什么理由不行，非要扯这样的幌子？哈库偷瞄了路平一眼，只见他把头埋在膝盖里，笑得全身直颤。其他工友也笑了起来，希波儿更是笑得把一口汤生生吐回了碗里。

"但我怎么看，你都不像得了痔疮。"安奇的视线在哈库身上游走一番，然后说道。

哈库知道得痔疮的人没法儿好好坐，自己却一屁股就坐在了坚硬的树墩上，这种行为难怪令安奇生疑，换谁都会生疑。此刻哈库坐也不是，站也不是，心说，路平就是成心整他，不但不给他暗示，还搬来树墩让他坐，这不是让他不打自招嘛！

　　事已至此，哈库只得硬着头皮编下去："是有这么一回事儿，不过现在已经好多了。"

　　"好得这么快？"安奇狐疑地看着他。

　　"是啊。"哈库抓抓头发，继续撒谎，"是啊，好得有点儿快。"

　　"哈库，你不要骗我了。"安奇把烤干的胶靴穿在脚上，从地上抓起酒壶，喝了一口酒，不急不缓地说，"哈库，我还不知道你？你一撒谎，就抓头发，脸色也急躁。你刚刚撒谎了。"

　　这时，希波儿给哈库盛了一碗骨头汤。哈库接过来，低头吹了几口，喝了下去，身上迅速暖和了。工人们喜欢喝汤，冒着滚滚白气的热汤能驱散附在他们身上的寒气。他们长年累月在白雪皑皑的山林里，寒冷如影随形，像可恨可气的草爬子一样从外到内爬上皮肤，渗入骨髓。他们爱在餐后喝上一口热汤，什么汤都行，也常喝苦涩的百草汤。骨头汤是最好的，哈库今天赶得正是时候，因为骨头汤不是他们常喝的。

　　谎言被戳破，哈库无意掩饰。他向来不善于撒谎，说得越多，破绽就越多，到最后自己都不信了。他承认自己在撒谎，安奇叹了口气，说："哈库，伐木这活儿是不是很枯燥？"

　　哈库点点头。

"没错，是挺无聊的，大家也这么觉得。"安奇掏出烟斗，又从篝火里抽出一根劈柴，触到烟斗，把烟草点燃，"不过话说回来，那又能怎样？枯燥也好，无聊也好，这都是没办法的事儿。除了伐木，我们还能干点儿啥？再说了，这世上哪种工作干得久了不会无聊？我看哪，都有点儿枯燥。问题的关键还在于咱们怎么看待。伐木的坏处咱们都有体会。山林里冷得要命，风雪灌进脖子里，灌进胶靴里，不堪忍受；不起眼的草爬子咬在皮肉里，一个不留神让它钻进皮肉里还会危及性命；树干的倒向也不能准确判断，不留神还会被砸伤，确实挺艰苦的。不过，我这人喜欢安静，我想，哈库你也是个喜欢安静的人，包括路平你，包括其他队员……"

路平同意安奇的话，他坐直腰身，诚恳地说："这倒不假。我要不是喜欢安静，会来这个鬼地方？我来冰原镇，在这儿定居，看中的就是这里自然、宁静，不受外界干扰。否则，这个交通不便、几乎与世隔绝的地方是留不住我的。"

"是啊，咱们都喜欢安静。"安奇接着说，"就像路平说的，我们在这无人的山林里伐木，还有比这更安静的活儿吗？没有，哪儿也找不来。整天陪伴我们的是什么？是风雪和树木，是星星和月亮，是香烟和烧酒，是那两匹拉木材的马，还有眼前这堆带给人温暖的篝火，只有这些。这些可都是能让人的心平静下来的。哈库，你要知道，就算换了其他工作，时间久了也会厌倦。比较来说，还是伐木更适合你。相信我，我说得没错。况且，在冰原镇，除了伐木，也确实没别的活儿了。"

哈库一直在仔细聆听，等安奇停下来，他开口说："是啊，我确实喜欢安静，伐木也确实能让人安静下来。可是，我们在林子里待了十年，也砍了十年树木。我们待过的地方，没了椴树，没了桦树，没了松树，松鼠没了家，鸟儿没了巢，没有一棵像样的树了，到处都光秃秃的。我们手中的电锯就像剃刀，山岭就像仙女，我们用电锯给她们剃光了头发，让她们变得面目全非。没了先前的美丽，那她们还是仙女吗？看看这些山岭吧，我们来之前和我们走后是一样的吗？"

哈库的话说到了大家的心坎儿里，刺痛了他们的心，他们个个低垂着头，盯着篝火凝思不语。他们心里也会时时内疚，只是掩藏得比较深，没有像哈库这样说出来而已。现在，哈库的话像石锤一样敲打在他们心上，他们感到万般痛楚。从山林来到冰原镇后，他们放弃了林中游牧生活，过上了在林子里伐木的日子，但很快，他们就开始怀念在山林里打猎的时光。知道过去的已经回不去，他们只能顺应时代潮流，从事伐木这项当时并不熟悉的工作。他们之所以愿意干伐木这活儿，是因为只有这样才能依稀感受到已然逝去的林中生活。住帐篷，夜间听风雪肆虐，围着篝火喝烧酒，孤独地身在无人的林子里，这些都能让他们回忆起悠远而美好的往事——即便回忆有时会骗人，会过滤掉污秽和伤痛，只留下一片纯净的美好。同时，他们也明白，自从拿起电锯，他们扮演的角色就不同了，虽然还吃住在林子里，可已经不再是和林子和谐相处，而是在一寸寸毁坏它们。每当心中不安、内疚时，他们就像惊慌的鸵鸟把头埋在沙子里一样，把那些不安与内疚深埋在心底的沙地里。

安奇队长率先打破沉默，他清清喉咙，鼓舞士气似的说道："哈库说得不错，我们干的活儿对森林是有破坏。好在禁伐令快下来了。林子里的电锯声快要消失了，十年的伐木生活也快结束了。我相信上头不会对我们不管不顾的，肯定会安排我们干别的，我敢打包票，不会比伐木差。"

"会的，会有个好出路的。"安奇低下头，望着篝火自言自语地说。

"我听说，"希波儿欣喜地说，"咱们这里将来要搞旅游。"

"听谁说的？"路平侧着脑袋，懒洋洋地用草梗剔着牙齿，半信半疑地问，"消息可靠不？"

"可靠，应该可靠。"希波儿说，"前天我去了根河，那里都在传，说我们这块地儿就快开发了，搞特色旅游。"

"那应该假不了。"安奇颔首道，"无风不起浪嘛！"

"果真那样就坏了。"路平面色晦暗。

"怎么？"安奇不解地问。

"你想想，我正是为了躲避人群，图个清静来这里的，要是搞起了旅游，我还有一天清静日子没？"

路平的话让大家陷入思考，都在默默权衡着利与弊。

过了半晌，安奇打破沉默道："不管怎么说，这也算是一件好事儿，最起码对于森林来说是件好事。咱们喝杯酒庆祝一下吧——为森林。"安奇陡然来了精神，又洪亮地大声吩咐，"希波儿，给大伙儿倒上酒吧！"

希波儿洗了几个碗，又从帐篷里抱出一坛烧酒，把碗一一倒满。

他们依次拿起酒碗，咕咚咕咚喝掉。

哈库用袖子擦擦嘴，放下碗，看着安奇，说："我要再请两天假。"

"怎么还请？"

"去寻个人。"

"寻谁？"

哈库不知道该如何描述那人，说他是野人吧，不甚恰当，说是正常人吧，更不恰当，他只得从那人的所作所为上下结论："一个偷猎的。"

"山上又有偷猎的了？"安奇惊讶地说。

"嗯，上次我去山上就撞见他了。他下套猎杀了一只驯鹿。"哈库说，"我及时赶到，他没能带走猎物。"

安奇知道哈库的母亲还在山上，她养着一群驯鹿，那些驯鹿可能会招致偷猎者的觊觎。他还知道哈库的父亲就死于偷猎者的枪下。他同情哈库，和哈库一样，他也十分痛恨偷猎者。可是他没想到，这么多年过去了，竟然又出现了偷猎者。早些年的偷猎团伙在政府的严厉打击下早已溃散，怎么会又突然冒出来？

"是一个人吗？"安奇又问，他想确认一下对方的人数。

"是的，就一个人。"

"有枪吗？"

哈库摇摇头："没看到使枪。"

"要不要先去镇上报警？"

镇上有个林区派出所，抓捕偷猎者在他们的职责范围内。

"目前还用不着。"

"哦，"安奇点头说，"还是要小心。要是需要帮手，你喊上路平。"

"嗯，"路平说，"既然安奇队长同意，我随时待命。"

"先不用，我一个人能行。"哈库说，"人越多越容易打草惊蛇。那人精得很。"

"那好，"安奇说，"明天动身吗？"

"是的。"

第七章

枷　锁

***

哈库整个下午都在林场里和工友们一起劳作。他们伐掉了大约三十棵桦树，每棵桦树的树龄都有数十年，十分高大粗壮。哈库和路平两人配合有序，一个使电锯锯树，一个挥着斧头砍树枝。每倒下一棵树，路平就叼着烟扛着斧头走过去，把树身上的繁杂枝干全部清理干净。哈库则在倒下的树身上切割分段，树身被切割成长短一致的树段。现代化交通工具开不到林子里，需要先用马匹套上轮子车把树段拉出去一段距离，再换拖车拉到镇上指定的木材囤积点，每天都有一班拉木材的火车经过冰原镇，那些码放整齐的木材被装上火车，离开这片它们生长的山林。

安奇队长手持电锯，十分熟练地从根部横着锯一棵树，汗水从他额头上滴落。希波儿和另外两个工友往轮子车上抬木头。希波儿瘦弱力小，他和色日抬前头，人高马大的色勒一人抬后头。色日和色勒是两兄弟，骨骼坚实，身体素质优异。他们用绳子捆住木头的前后两头，用一根松木横杆穿过绳子，就把横杆扛在肩上了。木头很沉，左边的肩膀酸了，换到右边，右边的也酸了，就再换回来，

- 104 -

到最后，两边肩膀都酸了。希波儿曾说："我虽然还年轻，可扛上一天木头，肩膀酸得受不了，拿个东西手抖得要命，手臂一点儿力气都没有。"不过，他们要是哪个乏了，也可以去一旁喝点儿烧酒，歇息歇息，换另一人扛。

装满木头，希波儿就赶着马车离开了。色日和色勒两兄弟跟在后头，他们要帮着希波儿把木头卸下来。

安奇队长抬头看看天色，夕阳西下，最后一抹阳光即将消失。林子里呈现出一片黯淡的靛青色，一群乌鸦排着队从林子上空飞过。"都住手吧。"安奇对哈库和路平说，"天要黑了，咱们歇一歇，等他们仨回来。"

哈库和路平同时停下手里的活儿，走了过来。

他们坐在一棵被伐倒的大树上，安奇屈膝坐在树干上，哈库也一样。路平则脚踩着树干斜靠在两根树杈间，他两手托在脑后，眼睛望着天穹。

他们各自掏出烟，点上火吸着。安奇吸的是烟斗，哈库吸的是卷烟，路平吸的是商店里卖的那种比较常见的每盒二十根的廉价香烟。后来，安奇拿出一壶烧酒，喝了一口递给哈库，哈库也喝了一大口，随后给了路平。路平坐起来，接过酒壶，一气儿喝了两三口。他摇摇酒壶，哑着嘴说："再喝两轮儿，这一壶就干了。"

"咱们都是酒徒，"安奇说，"拿酒当白开水喝的酒徒。"

"哈哈。"路平笑起来，又喝了一口，"一点儿都不假。"

安奇起身去了林子边缘，站在那里撒尿。

不久，马蹄声响起。希波儿赶着轮子车回来了，后面的车板上坐着色日和色勒。拉车的是两匹枣红色骏马，它们大张着鼻孔，喘着粗气，身上热气淋淋。它们都是好马，能吃苦能载重。林场工人从不亏待它们，亏待谁也不会亏待它们，它们是工人林间作业的好帮手，不可或缺。

三人从轮子车上跳下来，迈着轻松的步伐走来。

他们看到安奇队长等人已经丢掉了电锯，正坐在树干上闷头抽烟，就知道忙碌了一天的活计眼下就要结束了。这时，紧绷在衣服下的皮肉像得到号令一样，骤然松弛下来。酒壶歪倒在地上，希波儿走过去，拿起来晃了一下，酒壶里发出清脆的激荡声，还有一点儿酒。他坐在地上，仰起脖子喝了起来。

"人都到齐了，咱们撤吧。"安奇说。

大伙儿站起身忙活起来，各自收拾东西放进帐篷。天黑得差不多了。希波儿把两匹马从轮子车上的绳套里解开，爱惜地捋了捋它们鲜红的鬃毛。马没了束缚，欢快极了，撒开腿就向镇子的方向狂奔而去。每天的这个时候就是它们得到自由的时刻，它们会从山林里一直奔到镇上的马厩里，那里已经有人准备了上好的草料，等着犒劳辛苦劳作了一天的它们。

他们六人并肩往镇子方向走去，一路无话，到了镇子口，各自回家。临别时虽然没有约定，但大伙儿心里清楚，吃过晚饭，他们还会在酒馆撞见——要么是妮娜酒馆，要么是塔吉克酒馆，总能在其中一个酒馆见到彼此。

哈库推门而入，看到巴图坐在炉膛前烧火。听到门响，巴图扭过头来，看到父亲一脸惊讶地看着自己，他咧嘴一笑，用手背擦了一下鼻子，说："爹爹，你回来啦！"他的鼻子和脸蛋上沾满了一道道烟灰，手背上也都是。

哈库回过神来，说："你是在做饭吗？"

"是啊。"巴图说，"我煮了一条鱼。"

哈库吸了吸鼻子，闻到一股鱼香。他走到灶台前，掀开锅盖，一股巨大的白色蒸汽涌起来。雾气散去后，哈库看到锅底果然躺着一条斩为两截的鱼，皮肉已经煮得发白——是条黑斑狗鱼，嘴巴扁长，食肉，性情凶猛。哈库回忆起小时候和父亲撑着双人桦皮船在湖上捕狗鱼的情景。那次父亲没用渔网，只带了一根带细线的杆子，线头系着一个刺钩，刺钩上绑着一团狍子肉。父亲挥起杆子，把狍子肉咚的一声甩进水里。父亲一手夹烟，另一手持着杆子左右来回移动，使得那团狍子肉不落下水，像活物一样紧贴着水面游动。哈库趴在船边上，眼睛一眨不眨地紧盯着那块狍子肉。父亲让他坐在桦皮船的正中，不要离船沿太近，一是怕船体晃动惊吓到狗鱼，二是担心双人桦皮船太小，趴在船沿容易使船倾覆。哈库虽然照做了，可还是伸长了脖子，紧盯着那团狍子肉。他的全部精力都集中在狍子肉上，狍子肉左右移动，他的脑袋也不由自主地跟着转来转去。父亲弯腰蹲了下来，压低嗓门说："它来了。"哈库看到水面上起了层层涟漪，湖面上没有风，那些涟漪来自一条两尺长的狗鱼。它摇曳着尾巴追逐着那团狍子肉，黑色的脊背时隐时现，它每一次浮现时，总会带起一圈涟漪。父亲在挑逗它，使它越来越急躁。它圆张着大口，恨不得一口吞掉那团食物。父亲要的就是这种效果，不急不躁地引诱着它。等到时机成熟的时候，父亲故意突然慢下来，给了它一个得逞的机会，它一口把那团狍子肉吞下，连嚼都没嚼。它肯定在想：终于逮到了。父亲说："刚开春，湖里的狗鱼饿着呢。要是再过两个月，到了夏季，食物多起来，狗鱼就不容易上当了。狗鱼要是吃饱了，就把捕来的猎物挂在牙齿上，带着游来游去，不会像现在这样急慌慌地吃掉。"那条狗鱼把那团狍子肉吞下后，并没有感觉到异样，它优哉地贴着水面游了几圈，确认没有猎物了，才转头向深水区潜去。父亲提起杆子，杆子上的线被拉直了，线上绑着的刺钩借着拉力，一下子刺在狗鱼的身体里。狗鱼感觉到疼痛，使劲挣扎起来，杆子像遇上飓风一样，猛烈地颤动着，弯曲着。

那天，父亲用这种方法钓到了很多狗鱼。那是哈库第一次和父亲在湖上钓鱼，第一次见到被钓上来的狗鱼。那天的经历让他印象深刻。

哈库把锅盖盖上，锅里的狗鱼快熟了。

"是阿拉尔爷爷送来的。"巴图说，"他刚走不久。"

"嗯，"哈库倚在灶台上，"你给他热鹿奶茶喝了吗？"

"热了。"巴图说，"他喝完奶茶又帮着我把这条鱼宰了才走的。"

这时，哈库看到巴图的脑门上粘着细小闪亮的鳞片。

哈库走过去，把鳞片拨掉。"你长大了，"哈库心里想，"你都会做饭了。"

"爹爹，"巴图仰着头，看着哈库说，"还有几条呢。"

"在哪儿呢？"

"在门后头。"巴图用手一指，哈库看到门后的墙上挂着已经开膛破肚的三条细鳞鱼和两条狗鱼。

"也是阿拉尔爷爷宰的吗？"

"嗯，"巴图说，"他宰完那条狗鱼后，说干脆一起宰了，省得你再费事儿。"

"你帮忙了吗？"

"嗯，帮了。"巴图说，"他不让我帮，说腥气。我还是帮了，帮着他刮鱼鳞。"

哈库把巴图揽到怀里，欣慰地抚摸着他的头发。他真切地感受到，巴图长大了，懂事了。

妮娜穿着一件水红色的毛衣，戴着袖头，腰上系着碎花围裙，把一盘花生米端给酒客。酒馆里座无虚席，人们在谈天说地，划拳声、推杯换盏声此起彼伏。路平也在酒馆里，他喝了好几杯白酒，有些醉醺醺。他卷着舌头，磕磕巴巴地跟坐在对面的希波儿聊天。他在兴高采烈地说最近写的一首诗。希波儿的棉衣敞着怀，手里端着一杯酒，听路平手舞足蹈地描述。希波儿被勾起了好奇心，要他把那首诗读来听听。路平却摇了摇头，说还不到时候，非要等结尾几句写完再读。他隔着桌子拍了拍希波儿的肩膀，说："好饭不怕晚。"希波儿却嗤笑一声，说："要真是一碗好饭就好了，我正饿着呢！"他在暗讽路平的诗既不能当饭吃，也不能当酒喝。在希波儿看来，发表不了的诗拿不到稿酬，没有丝毫价值，甚至不如一截木头——劈成栏子，卖了，还能买一壶酒呢！路平听出希波儿话里的嘲讽，知道和他谈诗歌是谈不通的，便转移话题，说起别的事情。正巧，妮娜拎着空托盘从旁边走过，路平就伸手把妮娜拦下。

"妮娜姐，昨晚怎么没去看拳赛啊？"

"我怎么去啊，刚好店里来了客人！"

"客人重要，还是哈库重要？"

"这哪儿跟哪儿啊，"妮娜微微红了脸，说，"根本就不是一码事儿。"

"怎么会有客人呢？谁啊？"

"喝你的酒吧，打听那么多干吗？"妮娜不打算理他，转身欲走。

"问一句也没啥，藏着掖着的，不会有啥隐情吧？"

"谁藏着掖着了，给你直说吧，是白毛德。这下打听清楚了，满意了？"

"嘿，我就随口一问。"

路平把酒斟满，和希波儿碰了碰杯，一口喝下。白毛德？他怎么每次拳赛当晚都不看打拳，却跑来妮娜酒馆？难道只是巧合？路平托着腮帮子想。白毛德该不会对妮娜心怀鬼胎吧？也不至于，白毛德是个木讷的老实人。他妻子虽已经不在了，但他犯不着去招惹妮娜，那会得到什么好处啊？虽然偶尔他也会对她说些挑逗性的荤话，但那只是开开玩笑罢了。认真起来，妮娜对他从来都是爱答不理的，他没必要自讨没趣。他又不是不知道妮娜喜欢的是哈库，镇上谁不知道妮娜和哈库才是互相喜欢的？或许人家白毛德压根儿就不喜欢热闹，就爱清静，才在拳赛当晚来妮娜酒馆。路平觉得自己把别人想得太坏了，人家也许本就一身清白。路平又觉得自己太过于操闲心了，人家哈库和妮娜之间的事儿，自己老去瞎掺和啥呢！他总是控制不住自己，哪个男人对妮娜举止轻浮，他看到了，心里就会升腾起一团怒火——不是妒火，是怒火。不用哈库开口，他就会凶巴巴地走过去，一下把那个人推搡开，一副随时准备打一架的架势。在他心里，哈库的事就是自己的事，别人招惹妮娜就是和他过不去。他真心实意地想撮合哈库和妮娜。可他们两一个要面子，一个重情义，只要瓦沙还活一天，他们就不可能在一起。他有时嫌弃瓦沙，要不是他被树砸个半死，瘫在床上，哈库和妮娜也不至于旧情复燃；他被树砸中，却没痛痛快快死掉，而是成了个半截人，就是这个半截人，成了包袱。纵然路平有时挺气瓦沙的，但对他也着实责怪不起来，瓦沙也够倒霉的，正值壮年却遇上飞来横祸。不知那棵大树砸坏了他哪根神经，除了眼睛能睁、鼻子能闻、耳朵能听、嘴巴能张，他的身子像木头一样，动也动不了。平时都是妮娜喂他吃喝，给他擦洗身子、端屎端尿，像照顾婴儿一样。

妮娜对瓦沙可真够细心：夏天，每天都会给他擦洗一遍身子；冬天，隔几天给他擦洗一遍，换上洁净的衣服。酒馆外的两根晾衣绳上常年晾晒着瓦沙的屎尿布、衣物、棉被，只要是晴天，上面就挂得满满的，风一吹过，随风而舞。妮娜细致耐心的照顾，令瓦沙身上永远干净清爽，散发着肥皂的馨香。每顿饭她都做得精致可口。她常做瘦肉粥，因为瓦沙喜欢吃，嚼起来不费劲儿。吃饭时，妮娜坐在床畔，给瓦沙系上餐巾，随后端起碗，一勺一勺喂他。如果饭太烫，她就吹凉了才送到他嘴里。瓦沙虽然瘫了，脸色却和正常人一样，没有一丝一毫久居室内的惨白之色，这也得益于妮娜的照顾。天气晴朗而又没有风的日子，妮娜就会把瓦沙抱出来，放在门口的小推车里，给他盖层毛毯，让他晒会儿太阳。如果瓦沙愿意，她还会推着他在镇上走一走，看看镇上的人和物，看看远处的山岭和山岭上空的浮云。妮娜从不埋怨他，也不对他发脾气，她只是不再把他当作男人或丈夫，而是把他看作自己的孩子。

唉，妮娜姐要忙酒馆生意维持家用，还要照顾瓦沙，也挺不容易的！路平叹口气，想着。"平哥，想啥呢？"希波儿伸手在路平眼前晃了晃。

"没想啥。"路平说，"来来，喝。"

他们俩又轻轻碰个杯，喝起酒来。

"安奇队长他们咋还不来？"希波儿掏出一根烟给路平。

路平接过烟，希波儿打着火，给他点上，又给自己点上。

"估计去希尔汗家了。"路平吸了口烟，说。

"哈库大哥呢？都这个点了，他也没来啊？"希波儿说。

"是啊。"路平说，"他怎么也没来？"

依照往常，这个点哈库已经到酒馆了，今天却迟迟没现身。难道哈库有什么事吗？路平想。会有什么事呢？

路平把烟掐灭，站起来，说："你自个儿先喝着，我去把哈库叫过来。"

路平去了哈库家，但没能把哈库叫过来。哈库当时刚把巴图哄睡下，正坐在壁炉前的凳子上望着火苗闷头吸烟。得知路平的来意，他说他最近不准备喝酒了，也不去酒馆了。路平对哈库再了解不过了，从他的话里听出了弦外之音。他让哈库别在乎那些流言蜚语，该怎么做就怎么做，人活着要过得痛快，何况他又没做伤天害理的事！哈库决心已定，路平费了半天口舌也没能动摇他丝毫。

路平走出哈库家门时，手里拎着两条狗鱼。

他走到镇上的主干道，发现很多人奔来跑去，神色慌张。他拦住一人问道："怎么了，出啥事儿了？"

那人喘着粗气回答："查格达死了！"

路平很惊诧，昨晚查格达还在塔吉克酒馆喝酒聊天呢，怎么就死了？

"怎么死的？"

"喝死的。喝酒喝死的！"

"怎么就喝死了？"

"不知道哇，喝着喝着就死了！"

"他现在人呢？"

"大伙儿帮着抬回家了。"

"没去诊所抢救吗？"

"还抢救啥啊？！倒下就没气了，没多大工夫身体都凉了。"

路平想起昨天晚上查格达在酒馆里眉飞色舞地说着遇到大熊的经历，他的音容笑貌还历历在目，人却已经死了。那头大熊没夺去他的性命，酒却夺了去。年纪轻轻的人，说没了就没了。路平不寒而栗。

第八章

浮云归去

***

　　哈库醒来后，窗外的天色还暗暗的，没点儿亮光。因为今天要去山上看母亲，他后半夜没怎么睡踏实，净想着一些乱七八糟的事儿。他想，母亲都八十多岁了，虽然身体看似健健康康，但是年龄在那儿摆着呢，万一哪天生个病，有个头疼脑热，孤零零的，连个照顾的人都没有，可怎么办？想着想着，他就睡不着了。他琢磨着，今后还是勤回山上看看，尽量每个星期都回一次。

　　鸡叫起来，窗外天色也由黑转蓝，哈库摸索着穿上衣服起床。巴图还在睡，他小心地穿着衣服，没敢惊动他。他知道巴图睡觉一向很浅，所以他穿衣的动作刻意慢而轻。他轻轻拔下门闩，打开门，走到屋外，坐在门槛上抽烟。不消片刻，他身上全是淡淡的烟草味。冰原镇的早晨很冷，雾气很重，天地间都是潮湿的。他吐出的烟雾飘散在空气中，与雾气混在一起，难以辨认。不知过了多久，暖黄的光最先从远处的山坳里露出来，随后一轮火红的太阳渐渐露出脸来，预示着今天是个好天。

　　哈库看时间差不多了，就走回屋里。巴图已经醒了，揉着惺忪的睡眼坐了起来，他看到父亲头发上落了一层白霜，于是说："爹爹，你起来这么早。"哈库在床畔坐下，给他拿衣服，说："今天我要去趟山上。"

"去看奶奶吗？"

"是呀。"哈库说，"去看看她。"他没向巴图提过那个偷猎者的事儿，他这次主要是为那个偷猎者去的。

"我也想去。"

"这次不成，等星期天再带你去。你先好好上课，我去两天就回来。"

"那我还是睡在妮娜婶婶家吗？"巴图的语气满是畏惧。

"怎么，你不想睡那儿？"

"不想。"

"为什么？"

"我害怕。"

"害怕什么？"

"瓦沙叔叔。"

"怕他干吗？"

"我夜里起来撒尿，每次都看到他睁着眼，一动不动地盯着我。我每一次醒来，都会抬起头偷偷朝他瞄一眼，我从来没见他闭上眼。夜里他的眼珠子滴溜溜地转，像一只猫头鹰，还发着光，我就很害怕。"

因为以前的采伐点都比较远，哈库十天半月才能回来一趟，所以他总是把巴图托付给妮娜照料。妮娜没有孩子，对待巴图格外热情，像对待自己亲生的一般。她很喜欢巴图，打心眼儿里喜欢，倒不仅仅因为他是哈库的孩子，更多的是她在照料巴图时，能在他身上找到一种期盼已久的做母亲的感觉。到了一定的年纪，几乎每个女人都渴望成为母亲，渴望用心血哺育孩子。妮娜和瓦沙结婚多年，直到瓦沙瘫下，都没有生一个孩子。这对妮娜来说，未免不是一种遗憾。她到现在为止都弄不清楚是自身的原因还是瓦沙的原因，但她时常会愧疚。

哈库思索片刻，宽慰说："你用不着怕他，他动都动不了，伤害不了你。"

"可是，"巴图犹豫着说，"可我还是很害怕。"

哈库察觉到，最近半年巴图越来越不愿意去妮娜家了。巴图小时候可不是这样，那时他很愿意待在妮娜家。妮娜会为他做各种哈库做不来的好吃的，还为他做新衣服和新鞋子。在酒馆里喝酒的人常逗他，他也喜欢和他们玩儿。他前些年并不怕瓦沙，还模仿着瓦沙的样子，直挺挺地躺在床上，躺在瓦沙身边，让妮娜一勺一勺喂自己吃饭。他有时会抢过碗勺，照着妮娜的样子喂瓦沙喝粥。他还会用鸡毛在瓦沙脸上划拉来划拉去，弄得瓦沙痒得受不了，吹胡子瞪眼。他以前在妮娜家是活泼的，现在却寡言少语，这种变化在最近半年内尤其明显。哈库不知道这种变化因何而起，也不知道巴图到底在想什么。他说他害怕瓦沙，不想去妮娜家睡觉，这到底是真是假，哈库一时难以分辨，只好采取折中的办法，让他白天在妮娜家吃饭，晚上去路平家睡觉。路平白天都待在林场，只有晚上才回来。这样做，哈库有些不安，妮娜心思细腻，巴图不睡在她那里，她又会怎么想呢？哈库已经顾不上那么多了，从某种程度上来说，哈库也愿意巴图睡在路平那里，这样一来，他和妮娜之间的联系就又少了一层。最近，关于他和妮娜的传言甚嚣尘上，这样做或许比较稳妥。他不想走到哪里都听到那些不堪入耳的传闻。巴图是不是受到了这些流言蜚语的影响，他的变化是不是也源于这些传闻呢？哈库觉得很有可能，巴图说他害怕瓦沙很有可能只是一个借口。

哈库在锅里倒上油，煎了一条细鳞鱼。

巴图吃过饭后背起书包上学去了，当得知晚上可以去路平叔叔家睡觉时，他显得很开心。他走后，哈库带上剩下的两条细鳞鱼也出了门。母亲总是给自己带吃的，自己却没怎么给她带过，刚好阿拉尔大爷多送了几条鱼，他可以给母亲带上。

母亲所在的猎民点离镇子五六十里，崎岖的山路使得交通很不便利，如果步行，要走上半日，骑马就快多了。他本想去镇上马厩里牵一匹马，可想到禁伐令即将出台，大家都在抓紧时间伐木，不可能有马匹空闲下来，就打消了这个念头。他徒步进山了。漫山遍野一片白，目光所及之处都被积雪覆盖着。通往猎民点的羊肠小道人迹罕至，雪地上没有一双脚印。这些年来，这条小道只有哈库常走。小道像一条盘旋的蛇，爬上山岭，攀上高峰，又骤然直下，转入一片平坦的林子，绕过溪流，穿过山坳，再爬上一道道数不清的山岭，如此蜿蜒，直到抵达目的地。

每当走上这条小路，哈库的心情总是有些低落，他总会想起米娅——他早已过世的妻子。米娅死于难产。来到冰原镇，生下巴图的第二年，米娅又怀孕了。"有了儿子，再有个女儿就好了。"哈库常常把手放在米娅隆起的肚皮上，脸上流露出幸福的笑容。米娅也喜欢女孩，给巴图生个妹妹再好不过了。孩子还没出生，米娅就给她起了个名字——一个女孩的名字。怀孕六个月的时候，她感觉到了胎动，带着欣喜的神情把微妙的感受告诉了哈库。哈库听后也很兴奋，他把耳朵贴在米娅的肚皮上，静心凝神听了半天，一本正经地说："她说啦，她要小棉袄、小棉鞋，让先准备着。"米娅捂着嘴笑，在他头上轻轻打了一下。从那一天起，米娅就开始动手准备孩子的衣物。过了一个月，米娅已经做了两双小鞋子、两件连身小棉衣。"可以换着穿。"米娅说。

哈库把米娅照顾得无微不至。米娅怀孕期间，他没去林场上工。那段时间，他专心在家照顾米娅，米娅过着饭来张口、衣来伸手的日子。她默默地想，嫁给哈库是正确的，自打成亲，哈库就把她当作心爱之人，从没有冷淡她。她最初以为，哈库要过很长一段时间才能把感情从妮娜身上转到自己身上，没想到，哈库是个干脆的男人，不会过于沉湎往日的情爱，不会因此忽略身边的女人。

米娅和哈库本来是不会结为夫妻的。部落里的人都知道，哈库喜欢妮娜，妮娜喜欢哈库，两人也到了谈婚论嫁的阶段。可是，瓦沙也深爱着妮娜，从小到大，他心里只有妮娜一个女人。他听到部落的人都在议论妮娜和哈库的婚事，心碎极了，感到整个天地都崩塌了。他一直以来都依靠着妮娜，她就像他的靠山一样，只有和她在一起，他心里才会踏实、平静。一天看不到她，瓦沙就会茫然无措。他对妮娜已经产生了深深的依赖。孩童时期，他依赖妮娜的保护，后来，这种依赖随着成长变得复杂。不知从何时起，这种依赖里悄悄渗入了情感，这种情感也在变化，爱情的种子落地生根，发芽生枝。等到谈婚论嫁的年纪，瓦沙才醒悟，原来自己已经爱上了妮娜。这种爱是单方面的，妮娜并不知情。她不是不爱他，只是那不是爱情，只是亲情友情的爱。她不知道瓦沙已经爱上自己了，她一直把他当作弟弟来看待，她心里也爱着一个人，是哈库。

妮娜与哈库的婚事紧锣密鼓地筹划着。瓦沙发现，现在的妮娜对自己不如以往热情了，关怀也少了。她更多时候和哈库待在一起，两个人聊得更多、更欢畅，像一对恩爱的小夫妻。他目睹这一切，心里不仅酸涩，还很痛楚。他不止一次悄悄走近两人，看到他走近，两人亲密无间的谈笑就会戛然而止。瓦沙觉得自己就像个闯入者，一个厚颜无耻的闯入者。往往沉默片刻，妮娜就会率先开口，但从她嘴里说出的话已不如刚刚那么甜美、清脆，也不如刚刚那么亲昵。早在几个月前，就有好心人和他说，别再眷恋妮娜了，别再枉费心思了，妮娜爱的是哈库。即便他觉察到了妮娜对自己的态度在暗暗变化，他也不愿承认，而眼前的事实，又一次证明了这一点，不由得他不承认。

他的生活从此暗淡无光——星星和月亮是暗淡的，太阳也是暗淡的。他觉得自己处在一片昏暗之中，无法挣脱。他躲在营帐里，不愿见人，到了吃饭的点也不走出来。别人把饭给他端进去，如果哪一顿忘了给他端送，他也不会走出来。对于他来说，吃不吃饭已经不重要了，若不是为了勉强维持体力，他也懒得吃。

有一次，大伙儿围坐在篝火边吃晚饭，有一个不知情的人发问："瓦沙怎么啦？"

另一人很快接道："得病喽。"

"啥病啊？"

"相思病。"那人回答时，意味深长地瞄了妮娜一眼。

妮娜知道他是冲着自己说的。

妮娜是个很果决的人，当她得知瓦沙是因她而病倒的，她就一次都没有再走进瓦沙的营帐里。虽然很纠结，不想看到瓦沙痛苦，但她没有办法，她只能从二人中选择一个，而从一开始，她就选择了哈库。她爱哈库，就像瓦沙爱自己一样，是无法言说的、不由自主的爱，她无法改变。让她爱上别的男人，她做不到。她只希望瓦沙能爱上别的姑娘，别再对她心存念想。既然无法改变这一切，她就尽量减少与瓦沙碰面。

有一天，有人到瓦沙的营帐里送饭，随后又慌慌张张地跑了出来，大呼道："瓦沙不见啦，瓦沙不见啦！"谁也不知道瓦沙什么时候离开营帐的。

哈库闻声赶来，走进瓦沙的营帐，摸了摸毛皮褥子，发现是凉的。瓦沙离开应该有一段时间了。大家担心他想不开，分头去寻找。

那是个傍晚，太阳将要落山。荒山野岭，到了夜晚会更加凶险，所以，每个人都神色焦急，步履匆忙。妮娜怅然若失地走在寻找瓦沙的人群里，她脸色蜡白，心跳很快。她知道瓦沙要是有个三长两短，一定和自己有很大的关系。她可不想瓦沙有任何闪失，否则她会愧疚一辈子。

森林里，人们呼唤着瓦沙的名字，希望他听到大家急切的喊声后走出来。时间一点儿一点儿流逝，瓦沙一直没有走出来。天黑了。大家找不到瓦沙，绝望地回到了营地。这时，一匹快马回来了。那匹马拉着爬犁，上面坐着两个人——阿拉尔大爷和瓦沙。瓦沙从头发到鞋子都湿漉漉的。他浑身哆嗦，脸色惨白，嘴唇泛紫，牙齿咬得嗒嗒响，冻得不轻。

男人们把瓦沙搀扶进营帐，给他换了衣服，擦干了头发，让他在毛皮褥子上躺下，给他盖上一层厚实的鹿皮毯子，又把炉火烧旺，营帐里顿时温暖起来。人们离去后，瓦沙流了眼泪。

阿拉尔大爷把事情的来龙去脉给众人讲了一遍。他当时在犴湖捕鱼，肚子饿了，打算笼起一堆火，烧几条鱼垫一垫。他去林子里找干柴，等从林子里出来时，看到几百米远的湖边站着一个人，他认出那人就是瓦沙。他冲瓦沙喊了一声，瓦沙仿佛没有听到，并没有扭过头。同时，他开始向湖水中走去。晚秋的湖水很凉，在细风下泛着波澜。湖水漫过瓦沙的脚踝、膝盖，又漫过他的腰身……阿拉尔大爷醒悟过来：他这是要投湖自尽啊！阿拉尔大爷立即丢掉怀中的干柴，跑了过去，他一边跑一边大声喊："瓦沙，瓦沙，上来啊！上来！"瓦沙像聋了一般，径直向湖中走去，湖水漫过了他的胸口。"当我跑进水里时，水已经漫过了他的脖子，"阿拉尔大爷说，"他一心寻死，没有半点儿停顿的意思。我在后面大喊大叫，他也无动于衷。"好在阿拉尔大爷水性好，没多大工夫就追上了他，可他已经沉入湖水中。阿拉尔大爷深吸一口气潜入水中，湖水清澈，能看到瓦沙在缓缓下沉。他逐渐接近瓦沙，伸出手去拉他。"虽然他想挣脱，可我抓得牢牢的。我们在水中僵持，他想摆脱我，我不撒手。"阿拉尔大爷说，"后来，他憋闷了过去，我抓住他的衣领，把他提出水面。他失去了意识，像团软布一样，浑身瘫软。我在他的后背使劲擂了两拳，他才缓过气儿来，大口吐水。我带着他往岸上游。游了一会儿，我们上了岸。这时，我才发现我也消耗了太多的力气，站都站不稳了。我想，要是他缓过劲儿来，再投一次湖，我就没本事把他拉上来了。所以，我没敢停留，没生火给他烤烤，趁他还没缓过劲儿就把他抱上爬犁，赶回来了。"

瓦沙因何投湖，部落里的人心知肚明，只是没人愿意说出来。之后一连多天，妮娜的精神状态都很不好。她觉得瓦沙寻死觅活，自己脱不了干系。万一哪天瓦沙真的出了事，一定会成为她一辈子的精神负担。她找到哈库，问能不能把婚事推迟一段时间。她想，现在是瓦沙最脆弱的时候，如果她在这个时候与哈库结婚，对瓦沙无疑是十分沉重的打击。她想把婚事缓一缓，给瓦沙一段时间走出阴霾。哈库尊重妮娜的想法，接受了妮娜的建议。

为了防止意外发生，人们收缴了瓦沙的猎枪、猎刀。色日和色勒两兄弟不分昼夜地守在瓦沙的营帐里。

一开始，瓦沙绝食，不吃不喝，蒙在被窝里。人们按着他的手和腿，掰开他的嘴，往里面灌稀粥和水。一周后，他主动提出喝酒，每天一壶，喝了倒头就睡。色日、色勒两兄弟很气恼。他们本来可以跟大伙儿去林中狩猎，可寻死觅活的瓦沙绊住了他们，让他们哪儿也去不成。他们在瓦沙的床边打了地铺，两人轮着值班。又过了一周，瓦沙不用别人喂，开始自己吃饭。甚至有一天夜间，他独自去营帐外头撒尿，也没有借机逃跑。那次本来该色日值夜班，他却睡着了，没有看住瓦沙。瓦沙撒完尿又若无其事地回了营帐。瓦沙的转变来自于一句话，他无意间从色日、色勒两兄弟的交谈中听到妮娜和哈库的婚事推迟了。听到这句话，他血管里流淌的血液都沸腾起来。虽然只是推迟结婚，并非解除婚约，可在瓦沙看来，这也是个好兆头。他在绝望中看到了一丝希望，对妮娜狂热的爱再次复燃。

　　瓦沙照镜子的次数多了起来，他突然很重视形象。他的饭量也在增加，比以前吃的都多。他变得开朗多了，见到谁都要说上几句。他不再终日待在营帐里，而是喜欢坐在篝火旁与人谈笑。人们看到他笑容满面，精神抖擞，都以为他从阴霾中走出来了，悬着的心落了下来。他们不再扣押他的猎枪和猎刀，而是把它们完好无损地还给了他。瓦沙接过猎刀的时候，还很洒脱地笑着说："要是不放心，你们继续保管吧。"他已经恢复正常，大伙儿当然不会再替他保管了。瓦沙感谢阿拉尔大爷的救命之恩，感激部落里连日照顾、帮助他的人，尤其是色日、色勒两兄弟。他依次和大伙儿碰杯喝酒，之后又单独找色日、色勒两兄弟喝了一杯。

"多谢你啊，色日，还有你，色勒，多谢你们兄弟俩连日来对我的看护，辛苦你们了。"瓦沙说。

"客气啥！"色日拍了拍他的肩头说，"只是以后别再干傻事了。"

"不会了。"瓦沙说，"不会再犯傻了。"

瓦沙恢复正常，部落重归平静。妮娜和哈库的婚事又悄悄提上日程。没有人再用异样的眼光看瓦沙，没有人觉得他会再干傻事。也没有人会想到，不久之后，向来懦弱的瓦沙会干出那种令人瞠目结舌的事。那件事发生在一个月后的一个傍晚，那个傍晚和往常并没有什么不同，被夕阳染成玫红色的薄云静静地飘在淡蓝色的天空中，几只晚归的野鸟鸣叫着投入渐暗的林子深处，大地肃穆、宁和。哈库和大伙儿打猎归来，把猎物切割成条状，一部分放在篝火上烤，一部分晾晒在绳子上。营地里篝火燃得正旺，阵阵肉香扑鼻。男女老少都围坐在篝火旁，等着肉熟透。

哈库最先发现妮娜不在营地，他一回到营地就到处搜寻妮娜的身影。他没看到妮娜。等忙完手中的活儿，他又去妮娜的营帐里找，也没找到。他向两个年轻的女孩打听妮娜的去向，她们和妮娜关系要好，平日里无话不谈，哈库觉得她们应该知道妮娜去哪儿了。她们两人，一个摇着头表示不知道，另一个叫乌金的说，她知道妮娜去哪儿了。哈库赶紧问："她去哪儿了？"乌金说："她应该是去溪边洗衣裳了。她有件衣服弄脏了。"哈库是了解妮娜的，她爱干净，衣裳脏了总是马上就洗了，从不堆攒。虽然篝火上的肉就快熟了，但哈库已经耐不住性子等，他走出营地，迈着大步向溪边走去，找在溪边洗衣裳的妮娜。

妮娜端着一个木盆来到溪流边。盆里有一件衣裳是她故意弄脏的，这样一来，她就有借口避开营地的人去一公里外的溪流边了。瓦沙已经在那里等着了。自从发现瓦沙对自己怀有爱恋之情，妮娜就总是想方设法躲避他——不与他交谈，不与他投来的眼神有任何的交流。她以为这样就可以打消瓦沙的念头，让他明白她爱的是哈库。有一天，瓦沙趁人不注意走近她，低声说："我有些话想和你单独谈谈。"妮娜转过头，用惊讶的眼光看着瓦沙。瓦沙又说："就去你常去洗衣裳的那条溪边，我每天傍晚都去那儿等你，直到你去。"开始两天，妮娜并没有去，她纠结着该不该去。第三天，也就是事发当天，她终于下定决心去见瓦沙。她想，去见见他，单独聊一聊也好，有些话是该当面说开了。鉴于她和哈库即将成婚，她不想这个时候再出什么差错，引起不必要的误会，如果有人看到她与瓦沙在溪边私会就麻烦了。于是，她耍了个小聪明，故意把衣裳弄脏，以此为借口离开营地。要是有人看到她与瓦沙在溪边会面，盆子里的衣裳就是她自证清白的证物：她不是去和瓦沙会面，而是洗一件脏衣裳时恰巧碰见了他。

好在晚饭时间大家都回营地了，路上一个人也没有。她到了溪边，没见着瓦沙的身影，以为瓦沙已经离开了。她想，衣裳已经脏了，既然来了就洗完再回营地吧。她把木盆按在小溪里装满水，蹲坐在溪边的一块石头上搓洗起来。她听到身后传来急促的脚步声，回头一看，是瓦沙。

"我一直在等你，"瓦沙沙哑着嗓子说，"你总算来了。"

瓦沙手里拿着一片枯黄的秋叶，那片叶子被他的指甲一点点捏碎，变成淡黄色的碎片。他把碎叶握在掌中，走近妮娜。

"我没看到你，还以为你走了。"妮娜说，"你还好吗？"

"我怎么会走呢？我说过，我会在这儿等你，等不到你我怎么会走呢？"瓦沙把手中的碎叶丢在溪流中，溪水激荡，带着细小的碎叶向下游而去。瓦沙看似平和地说道："我不好，自从得知你和哈库的婚事那天起，我就不好了。"

妮娜感到气氛很尴尬，怕再触动瓦沙的心弦，让他失去理智，疯狂起来。她最不愿看到瓦沙那样。妮娜明白，瓦沙表面看起来平静，汹涌的波澜却还在他心底涌动着。她不得不提防，和他谈得越多，他越有可能丧失理智，干出傻事。她想长话短说，尽快结束会面。

"你说找我有话要说？"妮娜说。

"有，"瓦沙说，"有话说。"

"你要说什么？"

"说一些祝福的话，我祝福你和哈库今后能够幸福。哈库待你好，你也待哈库好，你们两个在一起会幸福的，肯定会的。"瓦沙边说边笑着往后退，他站到溪边一块椭圆的石头上。溪水冲刷着石头，冲刷着他的鞋面，他的鞋面很快就浸湿了。"我瓦沙就算到了天上，看到妮娜你过得幸福，也会为你开心。我失去了你，妮娜，我失去了你。我没有什么好留恋的了。"瓦沙从上衣口袋里掏出一把锋利的猎刀，对准胸口就是一刀。他把刀子拔出来，血汩汩地往外冒。妮娜的脸如同一张白纸，她惊恐地看着他，眼睛瞪得极大，脑袋空白一片，没有反应过来。瓦沙又把刀子对准自己的左手腕，挥刀下去，手腕被割破，血像水一样喷出，在最后一抹夕阳的照射下，显得极其狰狞。

瓦沙的身躯直挺挺地倒在溪水中，溅起来的水花砸到了妮娜的脸上。妮娜这时才反应过来，她慌张地起身跑进溪水里，用手臂揽着瓦沙的脖子，把他揽在怀里。他的伤口在流血，猩红的血流入溪水，色泽变淡，一点点消失。妮娜一遍遍唤着他的名字，失声痛哭。

当哈库赶到时，妮娜已经把瓦沙拖上了岸。妮娜浑身湿漉漉的，嘴唇青紫，打着冷战，像受惊的小动物一样惶恐不安。哈库一眼就看出来发生了什么，他用猎刀在裤腿上割下几条布片，把瓦沙的伤口简单地包扎好。此时的瓦沙面色苍白，呼吸微弱，身体软得搀扶不起。哈库费了很大劲儿才把他背到背上。哈库背着瓦沙一路小跑，汗珠从额头滚落，他口干舌燥，一口气把瓦沙背到了营地。回过神来，哈库才发现，妮娜落在后头了，他又返身去接妮娜。在半路上，他看到妮娜瘫坐在地上，无声地流着泪，刚才溪边的那一幕还在她的脑海中闪现。她只感到双膝酸软，双脚沉重，走不动了。哈库把她背回了营地。

哈库没想到，两天后，妮娜竟然解除了婚约。

当媒人把妮娜解除婚约的消息告知哈库时，他整个人愣在了原地。他不相信自己的耳朵，又让媒人重复了一遍。这一次，他听清楚了，没错，妮娜是要与他解除婚约。他还是难以置信，觉得一直深爱的信任的妮娜不会这样做。他的心怦怦跳着，身体里的血急速流动着，躁动不安地在营帐里走来走去。"不行，我要去找妮娜问问，"哈库说，"我要她亲口说。"

"你不用去找她了，"媒人说，"是她要我向你转达的，就是她亲口说的。"

"为什么？她为什么要这样做？"哈库眼含泪水愤怒地嘶吼着，摇晃着媒人的肩膀。

"为了瓦沙。"

瓦沙被救活了，他又捡回一条命。妮娜再清楚不过，瓦沙虽然身体还活着，心却死了。这一次把他救活，过不多久，他还会寻死。妮娜知道，能拯救他的只有自己，她是瓦沙活下去的希望。妮娜感到恐惧，她知道瓦沙从小到大都很依赖自己，但没想到会到如此的程度。她隐隐责怪自己，怎么没有早点儿发现，如果发现得及时，就不至于任由事态发展到瓦沙离开自己就活不下去的地步。她情愿推掉和哈库的这门婚事。妮娜想，如果瓦沙因为她与哈库结婚而死，那她终其一生都要背负着瓦沙死亡这个负担，她会活得很辛苦，日日夜夜被罪恶感、愧疚感折磨。

而她不想一辈子都活在瓦沙死亡的阴影下，那样，她不会快乐，也不会有一天的幸福生活。哈库会照顾好自己的，就算离开她，他也能好好活着，妮娜想。哈库性格坚强，是个成熟的男人，这也是妮娜爱上哈库的原因之一。比较起来，瓦沙更像个孩子。这两个男人，她只能选择一个，她要重新选择。

"也许瓦沙更需要我吧，"妮娜想，"能拯救他的，也只有我了。"

妮娜就这样做了决定，这个决定改变了她的命运，给哈库带来了巨大的痛苦。妮娜知道这样做实在对不起哈库，可是她也没有更好的办法了。虽然哈库一时会难以接受，但他一定能够承受得了。她了解哈库，哈库向来是个坚强的人。

妮娜把媒人叫来，让她转达解除婚约一事。媒人大惊，连忙问怎么回事。妮娜哭了，眼泪扑簌簌往下流，说："瓦沙，为了瓦沙，我不能害了瓦沙啊！"

哈库想问个清楚。最初的几天，哈库每天都到妮娜的营帐里找她，每次都扑空。他理解妮娜的想法，但他无法接受妮娜的做法。哈库知道妮娜在躲自己。她决定的事，谁也改变不了，除非像瓦沙那样以死相要挟，但哈库不是那种人，也不愿让妮娜左右为难。哈库同情瓦沙，却又觉得他太自私了，为了自己拆散别人。妮娜为了成全瓦沙，牺牲了自己，牺牲了与哈库珍贵的爱情。哈库始终没见到妮娜。这一次，她做得决绝，没有留下丝毫挽回的余地。哈库意识到，自己已然输掉了妮娜，败给了瓦沙。他的心剧烈地疼痛起来。

几天后，哈库带上烧酒、猎枪，离开了部落。他独自在森林里跋涉，过了三个月的流放生活。他白天在森林中徒步，穿梭在茂密空寂的林子里，没个准确方向，只是胡乱走，遇到溪流就涉过溪流，遇到高山就翻过高山，饿了就打一只猎物，生起一堆火烤了吃，不放盐。他带了两壶烧酒，在出行的头两天就喝完了。他无比怀念烧酒。晚上他就在林子里找块敞亮的地方躺一躺，大多时候头倚着树根。在森林里露宿十分危险，他却无心计较安危，不在乎野兽的袭击。他前半夜总睡不着，想一些乱七八糟的事情。虽然他极力克制不去想妮娜，可还是不由自主，脑海中时不时浮现出妮娜的笑脸。

他没有计算日子，任由自己在森林里游荡。他在森林里走着，从熟悉的森林走到陌生的森林。不知哪一天，他走出了森林，到了一片陌生的土地上。大片的农田长着成熟的庄稼。农田里有耕牛，有收割的人，成熟的庄稼上落着黑压压的鸟雀。他看到了一个被庄稼包围的小村落，由一座座低矮的房子组成。时值正午，每座房子的烟囱里都冒出温暖的炊烟。他从小到大住的都是营帐，还从来没有住过那种用泥巴和砖瓦搭建的奇特的建筑。他内心激荡，有一种冲动，很想走过去，跟那些汗流浃背收割庄稼的农人搭讪，与他们一起挥舞镰刀劳作，大笑。他想象着自己成为他们中的一员，傍晚收工后，把汗湿的衣服脱下来搭在肩头，和三五好友围在一起，吃着晚饭，说着荤段子，喝着可以忘掉忧愁的烧酒。

他呆呆地望出了神，直到远处的农田里有人看到了他，冲他挥手，他才回过神来，狼狈至极地跑开了。他跑回森林里，才逐渐平静下来。他搞不懂自己刚才为什么跑开，内心明明是向往的，行动却不给自己丝毫思考的时间，看来自己的内心深处对陌生的生活还是莫名地抗拒。

当晚下了一场大雨，他挎着猎枪，一手拎着两个空酒壶，一手拎着吃剩下的半只灰鼠，躲进了山洞。山洞里空气凝滞，不过他已经很知足了。他在山洞里躲过了这场雨。第二天，日头升起来，是个好天。他走出山洞，继续在森林里行进。不知不觉，他已经走上了返程的道路。

凭借着对森林的记忆与出色的林中生存能力，三个月后，他毫发无伤地回到了自己的部落。抵达营地，他得知的第一个消息就是妮娜已经与瓦沙结为了夫妻。他并没有惊讶，这在他的意料之中。他这次出走，从某种程度上来说，也是为了避开他们二人的婚事。但他得知这个意料之中的消息时，依然痛苦得说不出话来。

后来，经人介绍，他结识了米娅。不久，他就与米娅成婚了。他与米娅的婚事，是他母亲依苦木强行安排的，他已不打算结婚，准备独自终老。可他要考虑母亲的感受，不能让她的晚年过得不顺心。

他以为自己已经心如枯井，无法爱上妮娜以外的任何女人。可他与米娅住在一起后，他几乎爱上了米娅。米娅比哈库小一岁，她漂亮、温柔、娇弱，声音甜美，举手投足间透着纯真之气，勾起了哈库的保护欲。哈库与她在一起，觉得自己比以往更有力量，更像个顶天立地的男人。他感觉自己长大了，已经成为一个丈夫，不久还会成为父亲。他感受到自己肩负的责任——作为丈夫、父亲的责任。那些不切实际的心思都要收回来了，眼前的女人，每天晚上睡在自己怀里的这个女人，才是自己要珍惜呵护的。

米娅喜欢睡在哈库的臂弯里，这样会让她感到温暖和安全，还会让她感到幸福与踏实。她每天晚上睡觉之前，都会用柔软的掌心去抚一抚哈库的脸颊。一次次，哈库从中体验到了幸福、满足的滋味。妮娜带给他的伤痛，在一次次的抚摸中愈合了。除非撞见妮娜，否则他很少再想起她，他沉浸在与米娅的甜蜜爱情里。

只要活着，一切总归是美好的。

政府禁猎后，猎民们逐渐从山上搬到冰原镇。哈库和米娅是最晚离开的。哈库的母亲始终不愿离开，她独自留在了山上。到了冰原镇后，哈库经常带着米娅回山上看母亲，最初只有他们两个，后来添了小巴图。巴图刚生下一个多月，就被父母亲抱着带到山上，给奶奶看。哈库记得，那天母亲很开心，拉着米娅的手嘘寒问暖，两人笑声不断。她把襁褓里的巴图抱在怀里，捏捏他的小脸蛋、握握他的小手，欣喜不已。哈库看到她那么高兴，也很欣慰，他把米娅搂过来，紧紧拥抱了她。他无比感谢米娅为他生了个可爱的儿子。

美好总是短暂的。米娅已经生过一次孩子了，谁能想到她会死于第二次生产？

哈库成年之后只遇到过两次大的波澜，一次是妮娜解除婚约，一次就是米娅离世。后者给他的打击更大，影响更深远，他一度无法承受，整晚吸烟、酗酒。他对美好未来的憧憬，毁了。他所爱的人弃他而去，并且永远不会再回来了。他这艘破破烂烂的帆船，漂泊在汹涌的波涛上，前无涯，后无岸，没有归宿。

胎儿是个女孩，死于米娅的腹中。

米娅死后，哈库依然定期回到山上看望母亲。在通往山上的小路上，他常踽踽独行。每当他踏上那条小路，路旁的每一座山岭、每一块石头、每一棵树木、每一株花草，都会使他想起米娅，想起与米娅在这条小路上结伴而行的欢乐时光。想着想着，他就会黯然泪下。她已成了故人，与她在一起的经历也成了往事。她成了一朵飘散的云，但那朵云的美会永远深深印在哈库的心里。

第九章

逃　犯

***

中午时分，哈库走下行程中的最后一座山岭，出现在面前的是一条笔直的小道，小道的尽头就是母亲居住的地方。他没看到母亲的营帐。看来她又搬家了。驯鹿以苔藓为食，附近的苔藓被吃光后就要找新地方。哈库不止一次跟母亲说过，搬迁之前打个招呼，他来帮着拆卸营帐，搬运器物。可她总是不听，每次都一声不吭就搬家了。她不想麻烦哈库，试图以此证明自己没完全老去，有些事她也能干成，不用劳烦任何人。她知道哈库会时不时来看她，所以她每次搬迁都会留下树号——每隔一段距离就在树身上砍下一个标记。

原先搭营帐的地方落了一层雪，那层雪很薄，和附近的比起来差异很明显。地上十分干净，一样丢弃物都没有。不晓得的人，还会以为这里从来就没人住过。母亲每次搬迁，都会把丢弃物深埋在土里，保持森林的洁净。哈库立在原地，静思了片刻。他手里的那两条细鳞鱼都冻得硬邦邦的了。他把鱼丢在地上，掏出火柴和烟，用手捂着火苗把烟点上。他抽了两口烟，打眼向周围瞅去。他几乎一眼就看到了那个白色的树号。他捡起细鳞鱼，走了过去。他叼着烟，抽出手去摸了摸那个树号。那是个新鲜的树号，应该是两三天前留下的。

哈库循着一个个树号，在森林里走着。森林寂静，脚踩踏积雪的声音清晰可闻。他循着树号走了大约两公里后，听到了清脆的铃铛声，时断时续，时有时无。他熟悉这种声音，很快就看到了那只脖子上挂着铃铛的鹿王，那只与山川、大地融为一色的白色驯鹿。那只驯鹿对哈库并不陌生，它正在用前蹄刨开积雪啃食苔藓。听到脚步声后，它抬起头来看到了走近的哈库。它停下咀嚼，迈开蹄子朝哈库走过来。驯鹿的皮毛光滑厚实，能够抵御冬季无情的风寒。哈库弯下腰，在它脊背上轻轻抚了两下。

驯鹿出现了，母亲的新住所应该不远了，哈库想。

他没停留，接着往前走。

没走多远，哈库就看到了那座新搭起来的营帐，旁边还有一个新围起来的鹿栅栏。营帐顶上的圆孔冒着靛青的烟，隔老远就能闻到空气里弥漫着甘醇的奶香。哈库舔舔干涩的嘴唇，三步并作两步，走到营帐前，掀开门帘的一角。光线射入营帐里，他看到了正在吊锅旁熬煮奶茶的母亲。她也看到了哈库，走出来迎接他。母亲和哈库拥抱后，从他手里接过那两条冻得硬邦邦的细鳞鱼。

哈库找了个木墩坐下，坐在火塘旁，火塘上吊着一口锅，锅里煮着奶茶，奶泡咕咕地迸裂。

"阿拉尔大爷送了几条鱼，吃不完，给你带两条尝尝。"哈库说。

母亲把两条细鳞鱼挂在一只铁钩上，说："你走的时候还带走吧，巴图好吃鱼。"

"他吃过了。"哈库说，"这两条是专门给你留的。"

"我吃不动了，老了，喉咙容易被鱼刺卡住。"

她走到吊锅旁，用一柄木勺上下搅动奶茶。整个营帐内都是扑鼻的奶香，那味道让人口水横流。

"能喝了。"她说，给哈库盛了一大碗。

哈库抿了一口，太烫。他把碗放下，看着母亲。

她每一天都在变老，变得矮小瘦弱，每一天都要新增一道皱纹。她的牙齿掉光了，头发全白了。她头上戴着一条灰色的头巾，头巾下包裹的是那一头白发。上一次哈库来的时候，她还有一颗摇摇欲坠的牙齿，这一次来，连那颗牙齿也看不到了。哈库以为鱼肉软、好嚼，应该适合她吃，却没想到她的牙齿全掉了，鱼刺都成了她吃鱼的障碍。人老了，连一根小小的鱼刺都无法战胜。母亲患有轻度的白内障，看东西总是模模糊糊的，好像隔着一层纱。她的听力好，语言组织能力也好，人虽年迈，脑子却一点儿也不糊涂。这也是她能继续待在山上的原因。她不糊涂，能自己思考，没法儿把她哄骗下山。若是哪一天她犯了迷糊，不能照顾自己了，哈库会果断地把她接下山。到现在为止，自己还没好好尽过孝道呢，哈库低头沉思道。他心底有些愧疚。

"你父亲在的时候爱抓鱼。那时候部落里不管是春天、夏天、秋天，还是冬天，都能吃到鱼——你父亲抓的鱼。"

"是啊。"哈库说，"我记得小时候，他还带我去湖上钓过狗鱼。"

"他弄来了鱼，都是我宰的，我不嫌腥气。我那时候也爱吃鱼。"

"巴图像我，他也爱吃。巴图呢？他怎么没来？"母亲问哈库。她坐在哈库对面的一只矮木墩上，捧着茶碗，碗里的奶茶冒着缕缕白气。

"他上学呢，"哈库把冻僵的双手凑在火上烤着，说，"走不开。"

"你为啥不等到星期天再来？"

哈库没有直接回答，而是说："驯鹿又少了吗？"

"少了三只。"

哈库心里一紧，想，那人果然又出现了。

"你看看这个。"哈库从口袋里拿出一张折叠的纸。

"这是啥？"她接过去问。

"是巴图给你画的画。他来不了，让我给你捎过来。"哈库端起茶碗喝了一口，奶茶已经不那么烫了。

母亲脸上布满慈祥的笑纹，颤巍巍把纸展开。

画的左边是一片白桦林，右边是一个大湖，湖水湛蓝。三只驯鹿依次从白桦林里走出来，向湖边走去，看样子是要去湖边饮水。画的最上面是碧蓝的天空，一只黑鹰展翅飞翔。画是用蜡笔画的，右下角用铅笔写着四个字："送给奶奶"。

"巴图手巧，真会画。"她说，"你看他画得多好呀！"其实她并没能看清楚画的内容。她眼中充盈着泪水，一遍遍摩挲着那张画，仿佛在摩挲一件宝贝，又仿佛在摩挲着孙子那双灵巧的小手。

她起身走到床铺边，打开床头的黑漆木箱，把那张画放在膝盖上抚平，小心翼翼地放进了箱子里。那口小箱子里装的都是她的宝贝，有刻有驯鹿的木雕，有她曾经为哈库的父亲缝制的狍皮手套，有哈库的父亲年轻时送给她的手绢和鹿骨发钗，也有多年前米娅孝敬她的一副银手镯。这些东西她从不拿出来示人，她把它们珍藏在木箱里，只在夜深人静回忆往事的时候，她才翻检出来，一样样捧在手中，如同面对着一张张老照片。每件物品都有一段动人的故事，让人怀念。

近年来，那口箱子里收藏最多的就是巴图画的画了。自从巴图喜欢上画画，每当画出一张满意的画，总会瞅机会给她送来，他来不了，就托父亲代他给奶奶她老人家送来。箱子里已经积攒了厚厚一大摞画。她把它们当宝贝似的珍藏着，一张都不舍得丢弃。

哈库将碗中的奶茶一口气喝完，浑身上下热乎乎的，手脚不再冰凉，体力也得到了恢复。他惦记着此番前来的主要目的。驯鹿又少了三只，肯定是那个野人干的。上次遭遇哈库后，他并没有停手，还在不断地对驯鹿下手。这可不行，哈库想，不能让他再糟蹋驯鹿了，该抓住他，盘问盘问，教训教训。

哈库站起来对母亲说："我出去走走。"

"外面又冷，又都是雪，你出去做啥呢？"

"我出去走走，透透气儿。这块地儿我好久没来过了，想出去走走看看。"

"冷了回来，加件衣裳不？"

"不用了，"哈库转身笑着对母亲说，"走走就暖和了。"

太阳已经偏西了。

哈库从营帐内走出来，顿时茫无头绪。茫茫林海，去寻觅一个大活人，谈何容易。只是哈库明白一点，那人是冲着驯鹿来的，只要驯鹿还在，他偷猎去的驯鹿都吃光后肯定还会再次出现。至于能不能碰个正着，可就不好说啦。不管怎么说，也要去林子里转转看，说不定会有什么发现。

打定主意，哈库就移步向坡下走去。他走了一段路，翻了几座山岭，一路上没有什么意外的发现，既没有发现异常的脚印，也没有发现那人设置的陷阱。哈库知道那人精于设陷阱，那种陷阱伪装得很巧妙，威力又很惊人。别说驯鹿，就是人，一旦踩到，后果也不堪设想啊！他生怕母亲哪一天不当心中了陷阱，所以，要尽快抓到那人，除掉这个隐患。

那人既然是冲着驯鹿来的，就非要在鹿群附近出没不可，那就去鹿群的周围找找看，哈库想。

哈库出现在鹿群里的时候，鹿群起了一阵骚乱。正在低头啃食苔藓的驯鹿们猛然抬起了头，它们四肢紧绷，黑亮的眼睛里透出一丝惶恐，警惕地看着走近的哈库，作势要逃。它们怎么会这么恐惧？哈库心里嘀咕，是不是受到了什么惊吓？转念一想，哈库就明白了。加上最近这三只驯鹿，连日来已经有四只驯鹿被那人猎杀了，怪不得剩下的驯鹿都这样战战兢兢。

鹿群中央的那只白鹿王与哈库最为亲近，是鹿群里唯一一只白色的鹿。多年前，母亲选它为鹿王，给它脖子上系上铃铛，让它领导鹿群，带着鹿群早出晚归。哈库格外喜欢它。它看到来的人是哈库，就率先从鹿群中跑出来，脖间的银质铃铛随着跑动发出一串清脆的声响，犹如春天解冻的冰面在夜间化裂。哈库笑着蹲下身来，亲热地抱住它的脖子，说："白鹿，白鹿，你把鹿群带好了吗？"白鹿没有回答，只是甩甩头，挑衅似的用硕大的犄角轻轻抵了抵哈库。哈库猫着腰，说："好哇，来吧，放马过来。"他喜欢和这只白鹿做比拼力气的游戏，通常是哈库用双手牢牢抓住白鹿的犄角寸步不让，白鹿铆着劲儿奋力向前顶。白鹿的力量很大，结局总是哈库落败。这次也不例外。只一个回合，哈库就被顶撞得四仰八叉躺在地上，大张着嘴，气喘如牛。"好家伙，你真行。"哈库喘着粗气从雪地上坐起来，像对十分亲密的伙伴一样拍了拍白鹿的脊背，"力气一点儿都没小。"

之后，白鹿带领着鹿群去觅食了。

哈库则在鹿群出没的这片林子里仔细找了一遍，没有找到任何蛛丝马迹。这让哈库有点儿泄气，他独自蹲在一棵老松树下，抽起烟来，同时思索着接下来该怎么做。就在这时，远处一棵松树的树洞里钻出一只褐色的松鼠。它几步跳到一根枝干上，摘了一颗饱满的松塔，准备折身回去。突然，它看到了哈库——正蹲在树下抽烟的哈库。它偷眼瞄着哈库，搞不懂这个闯入者的来意，也搞不懂哈库为什么用嘴去吸那根冒着缕缕青烟的东西。哈库也看到了它。它那两只小爪子把松塔紧紧地抱在胸前，身姿轻盈，在一棵棵松树间跳转腾挪。它本来打算摘了松塔，就立即带回洞穴储藏起来，但看到哈库在注意着它，它就改变了主意，耍起了机灵。它抱着松塔跳来跳去，兜着圈子，就是不回树洞，妄图迷惑哈库，不让他发现自己的藏身之所。它跳到哪根树干上，哪根树干就一阵微微晃动，簌簌落下一片积雪。哈库看破了它的小心思，于是垂下头，用手捂在眼睛上。过了一会儿，哈库抬起头来，已经看不到那只抱着松塔的松鼠了，只看到树干上一个漆黑溜圆的树洞。

"从前的松鼠可没这么怕人。"哈库自言自语说。

的确，哈库曾经养过一只松鼠。他十二岁那年，和妮娜还有瓦沙一起在林子里采蘑菇，意外救了一只受伤的松鼠。那只松鼠被山鹰的利爪抓伤了，肚皮上有两道深深的抓痕，肠子都露出来了。幸好那只松鼠命大，遇上了哈库他们，不然恐怕就成了鹰的腹中餐。山鹰最喜欢猎捕小动物，它猫在高高的树梢或者山岩上，犀利的眼睛严密监视着林间小动物的一举一动。一旦时机成熟，它就从高空中俯冲而下，出其不意地发起进攻。它冲刺的速度极快，一眨眼就到跟前，那些被瞄上的小动物没有几个能逃掉。

山鹰的爪子非常锋利，小动物若被抓住，是万难挣脱的。那只小松鼠就是被山鹰从枝头抓获的。山鹰抓起松鼠后，尖利地鸣叫着腾空而起。山鹰的叫声在林子里荡漾，哈库、妮娜、瓦沙三人不约而同地抬起头看向天空，凶猛的山鹰带着小松鼠，向正西方飞去。三人都为那只小松鼠的命运叹息。忽然，意外发生了。从另一个方向飞来一只鹰，直直冲向第一只鹰，两只鹰撞在一起厮打起来。第二只鹰想不劳而获，半路夺下猎物。第一只鹰不甘示弱，扇着翅膀反击，用锋利的爪子去抓对手。半空中，两只鹰打得不可开交，羽毛像雪花一样纷纷飘落。在争斗中，它们顾不得那只小松鼠。被暂时遗忘的松鼠掉落在林子里厚墩墩的松针上，奄奄一息。

哈库他们三人连忙跑去寻找，找到了那只松鼠。

松鼠被带到了哈库家里。哈库的母亲是萨满，懂点儿医术，可以给松鼠简单地处理伤口。哈库在一只桦皮篓里给它做了一个温暖的小窝，把它放在里面。最开始，哈库喂它新鲜的列巴，也有剥好的葵瓜子、松子；后来，它的身体渐渐恢复，自己都能用牙齿嗑开果壳了。小松鼠活泼好动，常在营帐里爬高爬低，翻箱倒柜，弄得一片狼藉。它还喜欢躲猫猫，躲到箱子里或床下面，有一次甚至躲到鞋洞里，哈库费了好大劲儿才把它找到。实在找不到，哈库也有办法。他只要拿出一把葵瓜子嗑出声响，小松鼠一听到声音就会馋得受不了，骨碌碌地爬出来，跳到哈库的肩膀上抢葵瓜子。

有一天，哈库回到营帐里，抓了一把松子，准备喂给松鼠。他跑到桦皮篓前一看，空无一物，以为它又躲在哪个角落里玩捉迷藏。哈库把角角落落都找遍了，连每个鞋洞都翻了，还是没找见小松鼠。他抓来一把葵瓜子嗑了半天，还是没有动静。它消失不见了。

哈库听到外面传来松鼠吱吱的叫声，赶紧跑出营帐。他看到一棵松树上站着一只松鼠——就是他正在寻找的那只松鼠，它竟然自己跑出来了。它看到哈库后，几个蹦跳就从高高的树枝上跳落下来，蹲坐在哈库的肩膀上。哈库摸摸它的小脑袋，喂它葵瓜子。松鼠用小爪子抱着葵瓜子，专注地嗑着，嘴唇快速嗫动，瓜子留在肉嘟嘟的嘴巴里，瓜子壳散落一地。它把哈库手中的葵瓜子嗑得一颗也不剩，然后又咯吱吱叫着跳回树上，弓着腰往上爬到一根树枝上坐下来。"它要离开了。"哈库望着小松鼠，心里想道，"它要回到森林里去了。"

那只松鼠离开后的两年时间内，哈库总会在森林里不经意间遇见它，它和其他松鼠几乎长得一模一样，可哈库还是能够一眼分辨出来。它看到哈库，就兴高采烈地吱吱叫，从高高的枝头蹿下来，跳到哈库的怀里，亲昵一番，扒开哈库的手，索要吃的。但是再后来，哈库就见不到它的身影了。它彻底消失了。它安置在树洞里的家，幽深而孤寂，长满青苔。它要么搬家了，去了很远很远的地方，要么成了狩猎者的美餐。年少的哈库每次望见那口幽深而孤寂的树洞，都要在心中默默祈祷，但愿它是搬家了！

几年后，哈库拿起猎枪，成为一个年轻的猎人。他和部落里的其他猎人一样，从不瞄准松鼠。他们认为，松鼠是森林里最可爱的生灵。松鼠见到人也不害怕，见到猎人也是如此，往往会出其不意地跳到他们的肩头，摸他们的胡子，摸他们肩上挎着的猎枪，摸他们口袋里装着的食物，毛茸茸的大尾巴扫着他们的脸，痒痒的，逗得他们哈哈大笑。

以前松鼠不怕人，现在怎么就怕起人来了？哈库想。

鹿群起了骚乱，以白鹿打头的几只公驯鹿，冲着一个方向不安地哀叫起来。叫声打断了哈库的思绪，他赶忙站起来，循声望去，看到对面的林子里有一道快速闪动的身影。眨眼间，那个身影侧身躲到了一棵桦树的后面。可是为时已晚，哈库已经看到他了。哈库有一种强烈的预感，他就是自己此番要找的人。哈库浑身燥热起来，心怦怦直跳，迈开双腿奋力向前跑去。藏在树后的那个人听到哈库逼近的脚步声，情知不妙，忙转身拔腿逃开了。

等到哈库跑到那棵桦树旁时，树后已经没了人影。地上却遗留着一团下套子、设陷阱用的绳索，浸透着早已干了的斑斑血迹。看来他就是那个偷猎者。此刻，太阳还高悬在半空中，离落山还早，林子里有深厚的积雪，踩上去就会留下明显的脚印，这些，对于哈库接下来的追踪是有利的。趁着天色还很明朗，他可以根据雪地上的脚印一路追踪下去。这次就算追到他的老巢，也非把他抓住不可，哈库心里暗想。

哈库跟着脚印追下去，从杂乱的脚印可以看出，那人十分慌张，虽然很慌张，却没有丧失理智，那些脚印专往崎岖难行的地带引导，妄想借此摆脱哈库。可是哈库毕竟是在森林里长大的，这些小伎俩对哈库并不见效。哈库紧追不舍，身姿矫捷地在密林中穿梭，就像一只愤怒的豹子在追捕屡屡挑衅的鬣狗。哈库追着那人的脚印，翻过陡峭的山脊，穿过布满荆棘的丛林，来到一条大河边。河面结了厚厚的冰，脚印消失了。意外像一记重拳，打得哈库措手不及。眼前这条结着坚冰的大河，出乎哈库的意料，他忘了附近还有一条大河。哈库走上冰面，弯腰搜索，想在冰面上寻到蛛丝马迹。可是那人也不傻，他在跑上冰面之前，已经把鞋上沾的积雪处理得一干二净了，冰面上连一粒雪渣子都寻不着。

哈库有些失望，总不能就这样又让他溜掉吧。他又急又恼，在冰面上走来走去，绞尽脑汁想办法。或许情况没有那么糟糕，哈库停下来，望着河岸想。虽然这条河很宽，但他依旧能够将两岸的情况收入眼底。如果岸上出现了踪迹，他也能够及时发现，这让哈库多少感到欣慰。但有一点哈库无法掌握，那就是他不知道那人是逃向上游还是下游，只能赌一把了。哈库向下游方向追过去。

他跑在河中央的冰面上，冰面足够坚固，所踩之处纹丝不动，一丝崩裂声都没有。冰面坚硬得像大理石一般，唯一能让其软弱的只有春天的阳光。距离春天，还有好一段时间。他边跑边左右看，想在岸上发现点儿线索。两岸的积雪完好如初，并没有踩踏过的迹象。他一度以为自己追错了方向，对方可能不在下游。他几次欲掉头往反方向寻找，但最终都克制住了。

追了大约两公里后，哈库的目光停在了左岸。那里有一道鲜明的痕迹，并非脚印，更像是在雪地上拖曳某种物体时留下来的。森林中出现这种痕迹并不奇怪，野兽拖曳捕获的猎物时留下的痕迹就是这样的。哈库没放在心上，稍作停留，准备继续往下游赶去，可是又一想，不对啊，假如是野兽拖曳猎物时留下的痕迹，怎么没有看到野兽的足迹？事情很可能没有表面上那么简单。

哈库上了岸，带着疑惑，沿着那道痕迹往前走。他想从痕迹中发现些什么，比如野兽的足迹，或者猎物脱落的毛发、残余的血液，可这些痕迹都没有。越看越不像野兽拖曳猎物留下的痕迹。走着走着，那道拖曳的痕迹不见了，出现了一排熟悉的脚印。是他的脚印，是那个人的脚印！哈库恍然大悟，这道痕迹根本不是野兽拖曳猎物留下的，而是那人故意在地上匍匐前行，用来惑人的障眼法。识破他的伎俩后，哈库循着脚印，继续向密林深处追去。

那人好像没了力气，跑不动了，留在雪地上的脚印越来越沉重、拖拉。追了这么远，哈库同样感到疲累，双膝酸软，喉咙好似着了火一般，灼热干燥，浑身上下早已被汗水湿透。他凭着顽强的意志继续向前追赶，如果不出意外，他很快就能追上对方。

在一棵白皮桦树下，脚印又一次消失了。

凭空消失不见了？不可能。哈库想，他一定又躲藏在哪里了。

哈库停下脚步，警惕地环视四周的林木，一无所获。他想到了白皮桦树，没等他来得及抬头，一块尖锐的石头从树上呼啸而至，擦着他的耳郭飞了过去。接着，又有几块石头凶猛地砸来，哈库迅速而灵敏地躲过了那些要命的飞石，躲在十米外的一棵树后。哈库背靠在树身上，胸口起伏，额头上起了一层细密的汗珠。林子静了下来，落针可闻。过了一会儿，哈库悄悄伸出头来，看到了那个人——他躲在树杈上，是那个偷猎的家伙！他手里已经没了石头。他本想用石头把哈库击昏过去，然后趁机逃跑，可直到把手中的石头投掷得一干二净，也没有如愿以偿。

哈库从树后走出来，绕着白皮桦树走了三圈，边走边盯着树上那人，像盯着网中之鱼、瓮中之鳖。之后，他在五米远处停了下来，站定，用手指刮了刮下巴，不急不缓地从口袋中摸出一根烟，叼在嘴里，划燃火柴，点着。猛吸了两口烟后，哈库又抬头盯着树上那人。那人肮脏至极，衣裳成了黑色的，面容黧黑，头发凌乱，

- 150 -

握着枝干的双手沾满了血垢，指甲很长，像个地地道道的野人。他也在盯着哈库看，他有些害怕，浑身颤抖如筛糠。

"咱们又见面了。"哈库抬头冲他说，声音冷静而沉着，"你是哪儿的人？"

那个人沉默着，不吭声。

"你叫什么名字？"哈库又问。

他依然一言不发。

"你能不能说话？"隔了一会儿，哈库说道。

他还是一声不吭，蹲坐在树杈间，双手紧紧抓住桦树的枝干，防止从树上跌落。

"下来吧！"哈库说。

他动也不动。

哈库没了耐性，将烟丢在雪窝子里，用脚踩灭，又捡了一堆石头。他拿起一块石头，瞄着树上那人。那人知道哈库要砸他，赶紧折了一段树枝挡在身前，护住脸部。哈库冲着他使劲投了出去，他蹲坐在树杈上不能躲闪，冬天的树枝没了叶子的遮挡，变得光秃秃的，石头准确地打在他的前额上，他痛得叫出了声，用手捂着脑袋。

"下来吗？"哈库又拿起一块石头，在手里掂着。

树上那人神色惊惶，但还在犹豫。

哈库扬起手臂作势往树上投。

"我下来，下来。"树上那人说。他的声音里带着畏惧。

哈库点着头，脸上挂着笑意，说："能说话啊？好。快下来吧。"

"先把你手里的树枝丢下来。"哈库又补充道。

那人照做了。

哈库捡起树枝抬头望着他。

那人小心地用双臂环抱住光滑的树身，双腿蜷在树身上，瞪大惶恐的眼睛，转过头看了哈库一眼，哈库正专心地剥着白桦树枝的皮。他开始往下滑落，逐渐贴近地面。双脚落地后，他感到肩头一软，吐了口气。哈库手里拿着一段刚刚剥下来的桦树皮，冲他走过去。"背过身去。"哈库吩咐道。那个人没服从，反倒转身跑开了。哈库快步追上，抓住他的肩膀把他扑倒在地。那人趴在雪地上挥舞着手脚挣扎着，呜呜喊叫着，鼻子里嘴里都灌进了雪渣子。哈库在他的后脖颈处打了一记重拳，他就老实了。哈库将膝盖顶在他的脊背上，牢牢固定住，用桦树皮反绑了他的双手。

"为啥绑我？啊？为啥抓我？"

"为啥抓你？你会不知道？"

"你不说我哪会知道。"

"你做了啥你还不清楚？"

"就是不清楚啊。"

"那你看见我就跑是怎么回事？"

"你追我我肯定要跑啊！"

"你要是没犯事儿，我会追你吗？"

"我犯事儿？我犯啥事儿了？"

"还非要让我说啊？那好！我母亲养的驯鹿你没少偷吧？"

"弄口吃的也算犯法啊？再说了，我哪儿知道哪些鹿是你母亲养的，哪些是野生的，我哪能弄得清楚？！"

"就算是野生的，你也不能随意捕杀，那更是犯法。"

"犯法？犯啥法？"

"等我把你带回去交给林场派出所，你再问犯啥法吧。"

"你要带我下山？我不去。我不下山。我在山上过得好好的，你要带我下山？我不去，打死我也不去。"

"你说得不算。"

哈库揪着他的衣领把他从地上揪起来，帮他把身上的雪拍打掉。拍打积雪的时候，哈库仔细搜了他的身，没有什么特别的发现。他的个头比哈库矮半头，身上散发出一股臭烘烘的气味，令人作呕。哈库从口袋里摸出一根烟准备点上，发现手很脏，粘着一层黏糊糊的泥垢。"你的衣服多久没洗了？"哈库看着他褴褛的黑色棉大衣问。

"我从来不洗。"他说。

"穿在身上舒服吗？"

"舒服啊！百毒不侵，就是味儿大点儿。"

哈库笑着摇了摇头，把烟点着，抽了一口。

"能给我来一口吗？"他请求哈库。

"你也要抽？"

"要抽。"

哈库又摸出一根烟，放到那人嘴里，划着火柴点上。那人斜叼着烟，背着双手站在那里，大口抽着烟，像是久不见腥的猫儿终于逮着了一条肥鱼。浓浓的烟雾在他周身缭绕。他的眼睛被烟雾熏得涌出了泪花："我有好几年没抽过这么地道的烟了。从我进到山里就没再抽过一口正宗的香烟了。想抽烟就找点儿干草叶子揉碎卷一根，可那味道太辣，太呛，太烧嘴，让人直恶心。"

"你来山里多久了？"哈库问。

"几年了。"

"来山里干啥呢？"

"不干啥。"

"见你第一面时，我还以为你是个野人。"

"鬼才是野人呢，五年前我可是——"他突然意识到什么，收了口，没有接着往下说。

"五年前怎么了？"哈库问。

"没啥，"他回避着哈库探寻的眼神，"出了点儿小事。"

"听你的口音不像是本地人。"

"没错，我确实不是本地人。我是外省人，邻省的。"他斜叼着烟回忆说，"我以前是个卖水果的，开了一家店，生意不错。那时，妻儿都在身边，日子过得和和睦睦，挺自在。"

"放着好好的生意不做，跑到森林里当野人，这又怎么解释？"

"解释啥？不用解释。这是命啊，命，懂不懂？"

哈库没回答，而是把手放在他的肩头，冲他努努嘴，示意他往前走。那人把嘴里的烟蒂吐出来，又吐了一口浓痰，望着哈库说：

"老弟，你真打算把我带下山？"

"你偷了三只驯鹿，不把你交给林场派出所，难道把你放了不成？"

"要不你放了我吧，回头别说三只，三十只我也赔得起。"

"你拿什么赔，拿你的破衣烂衫？"

"你还别瞧不起人，想当初，就是三百只我马骟子也赔得起！"

"你叫马骟子？"

"绰号，大伙儿起的绰号。"

"马骟子，我也给你透透底儿吧，我哈库从不轻信陌生人的口头约定，更何况是你的。"哈库推了推他，催促说，"走吧。"

马骟子顺从却又有些不情愿地走了两步，又停下了，眼珠子打转，说："我知道该怎么补偿你了。"

"说说看。"

"跟我一块儿去就知道了。"

"去哪儿？"

"去我的洞里。这儿附近有个山洞，挺隐蔽的，我就住在里面。"

马骟子在前，哈库在后，两人一前一后在雪地里行进。哈库不怕他耍花招：马骟子的双手被桦树皮牢牢捆着，他挣脱不了。马骟子在前头若无其事地走着，其实心怀鬼胎：到了山洞里，他就能见机行事了。山洞里的草垫子下藏着一柄锋利的猎刀。他将逃脱的希望寄托在猎刀上，想趁哈库不备，把猎刀取出来。

半个小时后，马骟子把哈库带到了一个山洞前。眼前这个山洞，哈库并不陌生。他小时候就来过，那次是母亲要他来抓蝙蝠。

母亲告诉他这里有一个山洞，住着很多蝙蝠。有几只驯鹿咳嗽，喝了蝙蝠肉末熬成的汤药，就能药到病除。他那时对幽深黑暗的山洞心怀恐惧，山洞岩壁上倒立着的一只只蝙蝠更是让他恐惧万分。部落虽然就驻扎在不远处，可他还是没勇气独自前来。他不想让伙伴们嘲笑，就拉上妮娜硬着头皮到了洞口。妮娜胆大，不怕山洞的幽黑，也不怕岩壁上密密麻麻的蝙蝠。妮娜在山洞里挥舞着鱼舀子抓捕蝙蝠，哈库畏缩地躲在妮娜身后，紧紧抱着妮娜的腰。惊飞的蝙蝠尖锐的叫声非常刺耳，令人头皮发麻。

往事烟消云散，哈库也不再是小时候的那个哈库了。如今，他已不再畏惧任何山洞以及蝙蝠。他随着马骝子走了进去。

山洞狭长，有七八米深，紧里处有一道宽约一寸的石缝。时值隆冬，蝙蝠都钻进那道石缝里过冬了，山洞里的岩壁上没有一只蝙蝠。一进山洞，哈库就掩起鼻子。一股混浊黏稠的腐烂气息扑面而来，臭不可闻。适应了山洞里的昏暗后，哈库看到遍地都是动物尸骸，骨架、吃剩的动物杂碎随处皆是，触目惊心。洞穴内壁两侧分别有两条长绳，挂满了一张张完整的兽皮，驯鹿皮、赤狐皮、黑熊皮、狍子皮、水獭皮、狼皮应有尽有，让人应接不暇，其中还有很多松鼠皮！

"这些，全都是你猎杀的？！"对于眼前的一切，哈库感到惊奇。他不曾想到，安详静谧的原始森林中，竟然会有一个疯狂的偷猎者，猎杀的动物大都是禁止捕杀的稀有动物。森林里土生土长的猎人尚且被缴枪禁猎，更何况是马骝子。

"是我的，这些猎物全都是我下套子捕获的。"马骝子语带自豪，向哈库炫耀说，"一开始，我下套子不在行，总让猎物逃掉。后来总结出了经验，十次起码有八九次不出差儿。捕获的猎物，我只对肉感兴趣，肉能填饱肚子。至于皮张，据说很珍贵，我一直没机会卖掉，我会找个机会处理掉的，但不是现在，我还不能离开这儿。我答应要赔偿你，你相中哪一张就挑哪一张，可以挑十张。"

"十张？好，我也是懂皮张的。"哈库说，"我慢慢挑。"

哈库嘴上这么说，心里却在想着，必须制止他，绝不能让他继续在森林里为非作歹。现在的森林需要疗养——动植物都需要，再容不得半点儿破坏了。这也是政府在禁猎没有多少年后又要禁伐的原因。哈库理解政府的做法，也打心眼儿里支持。为了先稳住马骝子，他煞有介事地挑选着皮张。

马骝子心里也在打鬼主意，他趁着哈库挑拣皮张无暇顾及自己的空当儿，缓步挪向睡觉时躺的草垫子。草垫子由秋后的枯草铺就，很厚，上面放着两张灰熊皮，他晚上睡觉便裹在熊皮里。他佯装疲惫，咕咚一声躺在了草垫子上，头枕熊皮，两腿架在一起，看起来漫不经心。实际上，他的双手一刻也没闲着，不停地在草垫子下面摸索着。终于，他的手指触到了一丝森冷的凉意——他摸到那柄短把子猎刀了。接下来要做的就是悄悄把猎刀藏在裤兜里，他做到了。

哈库转过身，指了指三张驯鹿皮，说："这三张皮子我熟悉。是我母亲养的鹿，不幸被你猎杀了。"

马骝子嗤笑一声，露出一口黑牙，说："我也是没办法啊，猎物越来越少了，我总得有口饭吃！不是万不得已，我也不会对你母亲养的驯鹿下手。实在是走投无路了才这么干的。老弟，皮张挑好了没？"

"这三张驯鹿皮我带走。"

"其他的呢？"

"别的不要。"

"真的？！真的不要了？不反悔？"马骝子有些惊讶，带着难以置信的惊喜。他本以为哈库见到珍贵的皮张后会狮子大开口，他已经做好了讨价还价的准备，结果却出乎意料。

"是真的，不反悔。"哈库把三张驯鹿皮卷起来，夹在腋下，"我们走吧。"

"走？去哪儿？"

"去我母亲的营帐喝杯鹿奶茶暖和暖和。"

"那敢情好啊！"

"走啊。"

"那个……老弟，你看看，你还没有给我松绑……"

"松绑？为啥要松绑？"

"你耍赖是不是，你成心耍赖！说好的，我用皮张赔偿你，我已经赔偿你了——三张驯鹿皮，是你自己选的！皮子你收下了，为啥不放我？"

"这三张驯鹿皮能算是你的吗？你把别人养的驯鹿偷去，肉吃光了，把皮子作为赔偿还给人家，说得过去吗？"哈库质问道。

"除了这三张皮子，还有很多嘛，你都可以挑选啊，哪一张不比驯鹿皮名贵？"

"那些我一张都不要，都是你非法猎获的！我只带走这三张驯鹿皮，替母亲收下它们，它们原本就属于我母亲。这三张鹿皮只还了一小部分，剩下的怎么还，你要去和我母亲商量。"

"那能不能先给我松绑？"

"不能。"哈库说。

"为啥不能，你怕我溜掉？"

"是啊。"哈库说，"走吧。"

"走呀。"

"你先走。"

"你不放心我？"马骝子歪着脖子问，"我都被你捆了手，你还不放心？"

哈库点点头。

"那行吧，我走前头。"马骝子说。

一路上，马骝子没少折腾。他一会儿肚子疼，一会儿大腿抽了筋，一会儿又崴了脚，耍尽花招。他盘算着非把哈库折腾惨不可。那样，哈库精神懈怠，对他放松警惕，他就可以趁机摸出猎刀割断桦皮绳，逃之夭夭。他失算了。哈库非但没有放松警惕，反倒盯得更紧了。他一直没有找到机会摸出猎刀。

夕阳西下，晚霞把天空染得残红一片。

他们走到了营帐前。营帐顶上的圆孔里冒出淡蓝色的炊烟。

哈库没有邀请马骝子进营帐，而是独自走了进去。

马骝子背着手站在外面，看着营帐一旁的鹿栅栏里一只只肥硕的驯鹿。他心里起了疑，怀疑哈库另有打算，哈库根本不是要他和他母亲商量赔偿。他想逃跑，可是双手被反捆着，根本跑不快。他想到了猎刀，便把猎刀从裤兜里摸出来，悄无声息地割着手腕上的桦皮绳。断了，桦皮绳被割断了！恰巧在这时，哈库掀开棉布门帘走了出来。马骝子看到哈库手里拿着一盘麻绳，他明白过来了，哈库压根儿就不打算放了他。

看来，只能拼死一搏了，马骝子想。

"你又拿绳子出来是个啥意思？"

"事到如今，我也就不瞒你了。"哈库在他身前站定，如实说，"我要带你下山。"

"为啥？"

"你不能在森林里待了，你在这儿，这里的生灵就没有好下场。你要是再待上几年，恐怕偌大的森林里都找不出一只会跑的动物了。"

"老弟，你说话可不算话啊。你之前怎么说的，你说要我来和你母亲商量赔偿的事儿，怎么又变卦了？"

"我刚刚和母亲说了。她说，她不向你追究了。你不用赔偿她了。"

"既然不用赔偿了，你为啥不放了我，为啥还要带我下山？"

"不是一码事儿啊。"哈库说，"她不要你赔偿，不代表森林不要你赔偿，也不代表法律不要你赔偿。"

"森林是啥东西？你叫它，它会答应吗？法律？法律又是个鬼啊？我干了啥，你管得着吗？碍着你了吗？我可警告你，老弟，最好别惹我。"马骝子火气很大，不再掩饰自己的身份，"给你实话说吧，我马骝子可是杀人不见血的主儿——我杀过人的。你不想想我为啥逃到这深山老林里？给你说，我可背着一条人命呢。你把我逼急了，我是不会善罢甘休的。再多背一条人命也没啥大不了！老弟，你懂我的意思吗？"

面对马骝子的恐吓，哈库没有丝毫畏惧。在他看来，马骝子的双手还被反捆着，也就只能卖弄卖弄嘴皮子了。他也不相信马骝子杀过人。要是他真的杀过人，哪会整天挂在嘴边呢？

"你身后有棵樟子松。"哈库说，"你自己走过去，还是我带你过去？"

"我自己走。"马骝子咬牙切齿道。

他还背着双手，从正面看上去还被捆着，而实际上，他的双手已经获得了自由。他一只手抓着割断的桦皮绳，另一只手紧紧攥着猎刀。为了不让哈库察觉到异样，他佯装顺从地往后退着，直到脊背贴在了樟子松上。他在找机会，打算出其不意，给哈库致命一击。哈库是个油盐不进、软硬不吃的人，他拿哈库没辙，只有除掉哈库才能解救自己。他不愿下山，他知道，一旦进了林场派出所的大门，他五年前犯下的杀人案肯定会败露。

马骝子老老实实贴在樟子松上，等哈库过去。哈库很纳闷他怎么突然这么配合了。就在哈库准备捆绳的当口儿，马骝子背后白光一闪，只见他握着一柄锋利的猎刀刺在哈库的胸膛上。他看哈库没有倒下，知道这一刀没有刺中要害。他拔出刀子准备再补上几刀。哈库眼疾手快，一把抓住他的手腕，使劲扳着他的小拇指，巨大的痛感令他松开了手，猎刀掉落在地上。

马骝子很清楚，没了猎刀自己绝不是哈库的对手。他想去捡地上的猎刀，小拇指却被哈库牢牢扳着，稍微一动就痛得要命。他不想束手就擒，便用另一只手去戳哈库的眼睛。哈库向后躲闪，松开了他。马骝子转身向地上的猎刀扑去，却扑了个空。哈库已经抢先一步把猎刀踢开了。马骝子一骨碌爬起来，再次朝那柄猎刀跑过去。抓到猎刀后，他勇气大增，脸上即刻流露出阴险的笑容。他吐了口唾沫，甩了甩脖子，挥舞着猎刀一步步向哈库逼近。哈库忍无可忍，在马骝子挥着猎刀冲上来那一刻，抬腿一脚踢掉了猎刀，之后抓住他的头发，对准鼻梁，狠狠地打了一拳。马骝子直挺挺地向后倒下，昏了过去。

"你说你是杀人犯？"哈库用手按着流血的伤口，对地上昏厥的马骝子说道，"我现在信了。"

哈库把马骝子拖到樟子松下，用麻绳绑在树上，把猎刀收起来，装进了上衣口袋。

哈库低头看了看胸膛的伤口，伤口不算深，血已经止住了。他闻到了熟悉的列巴的香味，于是转过身缓步走进营帐。营帐里，母亲在专心烘焙列巴，已经有几只新鲜出炉。她自始至终都没听到外面的打斗声，或许是听到了，只是不想去掺和。她相信哈库，相信他能把事情处理好。

走进营帐后，哈库在水盆里洗了手，随后拿起列巴掰了一块，坐在矮木墩上大口吃起来。他饿了，没几口就吃光了。他咽下最后一口列巴，笑着说："真好吃。"

"你受伤了。"她看到了哈库衣服上的血迹。

"没大碍。"哈库说。

"他咋样了？"

"被我捆在树上了。"

"你要把他带下山？"

"是啊。"哈库说，"我必须把他弄走。"

她找了涂抹外伤的药膏，敷在哈库的伤口上，又用干净的布条包扎起来。布条包扎得很结实，伤口没那么疼了。哈库重新穿上衣服，对母亲说："我现在就走。天要黑了。"

"你吃饱了吗？"她问。

"给我带两块列巴在路上吃。"

哈库将两架爬犁搬到营帐外，又到鹿栅栏里选了四只健壮的灰色驯鹿。等他给驯鹿套上爬犁，天色已经暗沉下来。他来到马骟子旁边，拍了拍他的肩膀，他还处在昏厥中，没被惊醒。哈库给他松了绑，把他扛到一架爬犁上。为了防止他醒来后逃跑，哈库把他结结实实地绑在了爬犁上。

哈库回到营帐里，母亲已经给他打点好了行李。一只桦皮篓里装着两条干硬的细鳞鱼、两双鹿皮手套、两双鹿皮护膝，还有两块列巴和一大块奶酪。手套和护膝都是她亲手缝制的，每样她都会缝两双，哈库和路平一人一份。她知道哈库和路平的交情，路平在这里没有亲人，她听哈库说，路平的母亲已经去世了，所以她对待路平就像对待自己的孩子。

"鱼不留下吗？"哈库抱着桦皮篓说。

"不留了，给巴图吃吧，他好吃鱼。"

两人走出营帐。哈库把桦皮篓放在另一架爬犁上，转回身拥抱了母亲。

"过些天再来看你，保重。"

哈库坐上爬犁，后背倚靠在爬犁的木质靠背上。桦皮篓被他抱在胸前。他扭过头，冲母亲依依不舍地挥挥手："你回吧，外头冷，别着凉了。"

"慢点儿，路上慢点儿。"

"好嘞。"

"给那个路平也捎句话，让他闲了也上山来玩玩。"

"知道啦，我回去就给他说。"

四只驯鹿跑动起来，两只拉着哈库，另外两只拉着马骝子。驯鹿跑得很快，转了一个弯儿，母亲就消失在白雪皑皑的山岭之后了。山路有些颠簸，马骝子被颠醒，他一醒来就意识到自己的去向了。他挣扎着，骂咧咧地喊叫着："放开我，快给我松绑，我不下山——"声音融入朦胧的暮色中，渐渐归于平静。

第十章

瓦沙之死

***

第二天下午，哈库刚刚走出林场派出所，就看到路平迈着欢快的步子迎面走来。他已经等哈库很久了。他得知哈库从山上抓回一个盗猎贼，又从一个小警员那里获悉那个盗猎贼身背命案，是个逃亡五年多的杀人犯。哈库一大早就被派出所叫去做笔录，直到下午一点，都在派出所里。他回答着警方没完没了的问题，口水都快说干了。他觉得做警察还真是个细致活儿，粗枝大叶的人简直做不来。给他做笔录的是老胡和常生，他都认识。老胡是个老警察，常生是新分配来的刚毕业的大学生。老胡提问，常生记录，一老一少配合有序。最后，他们说，过两天要去山上现场取证，希望他能配合。他点头说愿意前往。

"抓个盗猎贼都能牵出一个大案，"路平走过去揽住哈库的肩膀，赞叹道，"厉害啊，哈库！"

"行啊你，消息很灵通嘛！"

"那是，咱镇上发生屁大点儿事，都别想瞒得住我路平。"

"对了，你怎么没去林场上工？"

- 166 -

"还去上工呢？你不知道吗？禁伐令下来了。"

"什么时候的事儿？"

"昨天下达的通知，今天全都停工了。"

"够快的，还以为春上才能下来。"

"可不是嘛。"

"又有什么新政策吗？"

"有，要搞旅游开发。给你说，咱们镇要变成景点了。"

"旅游？"哈库有点儿不敢相信，"咱们这儿这么偏远，会有人来？"

"怎么会没人来？"路平停住脚，从上衣口袋里捏出一个黄色的烟盒，抖出两根烟。他自己叼一根，另外一根给了哈库。他把烟给哈库点上，说："上午镇上来了一伙人，都是外地人。三男两女，每个人都带着又大又沉的帆布包，戴着墨镜，皮肤晒得黝黑，女的嘴里嚼着口香糖，男的嘴里叼着烟。他们骑了三辆摩托，据说，这伙人走遍了大江南北，就差咱们冰原镇没来过，听说咱们镇子要搞旅游开发，就匆忙连夜赶来，想赶在商业开发之前瞅一眼，看看这里原生态的模样。他们现在还没走，去了妮娜姐的酒馆。要不咱们也去喝两杯吧，我请客。敞开了吃，敞开了喝，不花你一分，我全给你报销喽！"

"阔气啦，路平！"哈库笑着说，"说吧，是不是有什么开心事儿啊？"

"你别说，还真有。"路平伸出两根手指，说，"第一呢，你打赢了拳赛，我沾你的光，小赚了一笔；第二呢，说出来你不一定相信，我领到稿费啦！"

"行啊，可算熬出头了。"哈库说，"快说说，领了多少？"

"不多，五百块。"

"是不算多。"

"这年头杂志不景气，我那组诗发在头题上，是那一期杂志稿费最高的了，我挺知足。能发出来，就是对我、对我的诗最大的认可了。说实话，我挺知足的。"

"恭喜你，路平。这些年的努力没白费，终于得到了赏识。"

"多亏有你。"

"有我？和我有关系？"

"有，当然有。你忘没忘，我以前在林场总爱给你们读我新写的诗歌？"

"没忘，你整天在吃完饭休息的时候，踩在一截横倒的树干上，大声读你写的诗，弄得我们没了清静。但这和我有什么关系？"

"有关系。你听我说——"路平一手夹烟，另一手放在哈库的肩膀上。两人抽着烟，迈步向前走着。路平接着说道："每次我读诗的时候，大伙儿虽然半懂不懂，但都给面子叫好。只有你皱着眉头，面露不悦，我就知道你是对我那些诗作不满意。我问你缘由，你怕伤了我的自尊，打击了我的积极性，不肯直言。晚上我就反复读，反复琢磨，慢慢就意识到诗的问题——空有其表，华而不实。好在我是个知错就改的人。我痛下决心，毫不留情地删改花哨冗杂的字词、段落，让句子越来越简短有力。最后那次，我拿着修改后比较满意的一篇诗给大伙儿读时，特别留意了你的神情。我发现你没有皱眉，我就知道，我努力的方向正确啦！我把那组诗寄出去，果然就发表了。所以说啊，你对我有很大的帮助，我当然要感谢你啊！"

"这么说，我还是个功臣啦？"

"是大功臣，功不可没。理当请你喝一茬儿。"

"没想到啊，我哈库还影响了你写作。没想到，真没想到！不过，你最应该感谢的不是我，而是你自己。是你自己用心，意识到问题后敢于推翻自己。有些人就算意识到前方有暗礁，也不会轻易调转航向，直到船卡进礁石里。"

"这个比喻用得好。"

"好吗？"

"好。我再补充一下：你哈库就是一座寂静的灯塔，虽然无声，却能照亮，让我见到前方的暗礁并及时调转航向，避开危险。"

两人走到了三岔路口，往前直走是哈库的家，往左转可以到妮娜酒馆。太阳躲进了云层里，天空中布满了阴云，看起来要下雪。哈库停下脚步，路平说："怎么不走了？走啊！去妮娜姐的酒馆喝一杯。"

"先别去喝呢，先去我家坐会儿。"

"怎么，怕见妮娜姐啊？"

"我怕什么？不怕。"

"那就走呗。"

"先别急着去啊。我这次上山，母亲又让我给你带东西了。"

"带了啥好东西？"

"一双鹿皮手套，一双护膝。"

"那行，先去你家。咱老母亲送的东西我要接受。"

"她呀，还托我给你捎句话。"

"啥话？"

"闲了去山上看看。"

"闲了，现在不用伐木，每天都闲。"路平把烟蒂丢到脚下的雪窝子里踩灭，说，"是该去看看她了，我都有俩月没去了。哈库，你下次上山要喊上我。"

两人沿着笔直的镇道继续往前走，路上有拉木材的拖车满载着新得的木材往火车站驶去。他们路过白毛德家，白毛德正在家门口的空地上手持刨子，弯腰打磨一面木板，他在制作桌椅。随着他的动作，刨花溅得到处都是。他的木匠活儿做得挺好。他的毛绒大衣上沾满了白花花的刨花，身上散发着新鲜的木屑味儿。他的小儿子蹲在一旁观看，时不时捡起地上的碎木屑玩。白毛德看到哈库和路平后，停下劈砍，冲他们摆摆手，招呼道："你们是要去哪儿啊？"他的喉咙动过刀，声音沙哑低沉，像猛兽的低吟。

"刚从派出所出来，回去歇歇脚。"哈库回应。

"听说你破了大案。有这事儿吧？"

"巧合。"哈库说，"赶巧了。"

火车呜呜呜叫着，在远处雪白的山岭间穿梭着，向远方驶去。

"你说白毛德会不会对妮娜姐有意思？"又往前走了一会儿，路平忍不住开口。

"你尽瞎想，怎么可能？"

"你看，每次咱们都去希尔汗那儿喝酒看拳赛，就他白毛德一人去妮娜酒馆。你不觉得这很奇怪吗？"

"奇怪吗？我看不奇怪。他只是不喜欢看拳赛，不喜欢凑热闹罢了。"

两人走到一座山岭旁的房子前，那是哈库的房子。房顶上落了积雪，有一尺多厚。哈库入冬以来还没清扫过。房子前的木桩上拴着四只驯鹿。驯鹿身上很干净，虽然行了夜路，皮毛却没有沾一丁点儿泥。此时大地结冻，还未到化雪的季节，山路上覆盖着一层坚硬的雪毯，空气中没有干燥的尘埃，一切都干干净净的。

"这几只驯鹿你还没放回去呢？"路平说。

"昨天回来太晚了，不想让它们赶夜路回去，就留了一晚上。"哈库说，"今天一大早就被派出所传唤，没来得及放回。"哈库走过去，把绳子解掉，又给它们套上爬犁。他弯下腰，挨个儿拍了拍四只驯鹿的脊背，低声说了句："快回去吧！"

听到哈库施令，矫健的驯鹿们便拉着空荡荡的爬犁跑起来。它们识路，不久就能跑到山上的主人面前。哈库从不担心它们迷路，因为多少年来它们从来没出过一次意外。

哈库把钥匙插进锁眼儿里，顺时针方向扭了半圈，锁弹开了。哈库推门走进去，路平跟了进去。屋里湿冷湿冷的。路平走到饭桌前，找了个矮凳子坐下，哈库去点炉火。

"昨天晚上回来得晚，炉火都没来得及生。"哈库蹲在火炉旁，一面用一把棕榈扇子给炉火扇风，一面说道。

"你昨晚几点到家的？"路平看着逐渐着起来的炉火问。

"九点吧。有驯鹿，要快些。"

"九点，那时我和巴图已经睡下了。巴图在，我晚上就不去酒馆了。"

"巴图一向睡得早，我想着你们睡下了，就没去打搅你们休息。巴图还听话吧？没闹腾你吧？"

"没有，听话得很，一口一个'路平叔叔'，可乖了。不过他晚上做噩梦醒了一次，我问他梦到啥了，他闭口不说。我也不好再问下去。"

"这一点和我很像，我小时候也爱做梦，有时候一连很多天都做同一个梦——都是不好的梦，常常半夜被吓醒。"

火炉里的煤燃烧起来。哈库把水壶装满水架在火炉上。有一滴水落在火炉里，像火柴被划燃的刹那，吱的一声蹿起一股白烟。哈库又去给壁炉点火，冰原镇的冬天家家户户都离不开壁炉。房子里没有壁炉，几乎如入冰窟。

"那个贼，那个盗猎贼，你怎么把他弄回来的？他也是个大活人啊，能听你的？"路平询问。

"他当然不听，人还鬼机灵，捅了我一刀，我差点儿被他害了。"哈库掀开衣服，给路平看包扎起来的伤口，"他想捅我的心脏，不料捅在了肋骨上，我算是捡回一条命。他啊，是个亡命之徒——狠角色。"

"你是怎么把他制伏的？"

"我在他的鼻梁骨上打了一拳，他承受不住，晕了过去。我趁机把他绑在爬犁上，绑得很结实，尽管他一路挣扎，也没有逃掉。昨晚我先去的派出所，把他交给守夜的警察才回来。"

"他真的杀过人吗？除了盗猎，他还杀过人？"

"最开始他威胁我说他杀过人，背着一条人命，那时我还不相信。"哈库把壁炉点燃，往里丢了几根桦子，接着说，"你想想，哪有杀人犯主动告诉别人自己杀过人？"

"现在相信了？"

"相信了。现在可以确凿地说，他的确是个杀人犯。"哈库搬了一张椅子，坐在路平旁边，说，"经审讯，他以前是开水果店的，生意挺好，赚了一些钱，后来迷上赌博，一夜间把家产输了个精光，闹得妻离子散。他心里有火，一时冲动就把赢他钱的那人杀死了。他在警方通缉下成了亡命徒，走投无路就躲进了森林。这一躲，就是五年多，活活把自己躲成了个野人。你没见过他的样子，你根本想象不到。他住在一个山洞里，整个山洞挂满了动物的皮子，全都是他猎杀得来的。"

"他是我们这块地儿的人吗？"

"不是。"

"那他怎么会想到躲我们这儿？"

"我想，一来我们这里地广人稀，位置偏僻，没人认识他，更没人了解他的底细，就算被人撞见，别人也不知道他干过什么事。何况他躲在森林里，撞见人的概率更小。二来，我们这儿的原始森林足够辽阔，也比较便于隐藏。"

"可是人算不如天算，到头来，他还是被捉拿归案了。"

"恶有恶报。俗话说，躲得了初一躲不了十五啊。"

哈库起身拿了两个酒杯子，又拿了一瓶未开封的白酒。

"哈库，你拿酒干吗？"路平说。

"喝点儿。"哈库说。

"别在家里喝，去酒馆喝。说好的我请你呢！"

"现在去不了啊，"哈库给酒开封，斟满酒，说，"巴图还没放学，我还要给他做晚饭。酒馆只能吃了晚饭去。"

"那也成，"路平抬头看了看墙上的钟表说，"反正也快放学了。"

"巴图知道我提前回来了吗？"

"知道，我今天中午跟他说了。"

哈库从柜子里端出一盘炒花生仁。花生炒了两三天了，有点儿受潮，没那么干脆了，但依旧是下酒的好东西。两人碰了个杯，把杯中的白酒喝掉一半。哈库捏了一粒花生仁填嘴里，说："把你身后那个桦皮篓给我递过来。"

路平把桦皮篓递给哈库。哈库把桦皮篓放在腿上，从篓里掏出一双鹿皮手套和一双护膝，放在桌上说："这是给你的。"又把一块三斤多重的奶酪放在桌上，"这块奶酪咱切开，一人一半。"

"奶酪就不要了，你留着给巴图煮茶喝吧。"

"别推让了，是我母亲的意思。"

"她老人家对我可真不薄，处处都想到我了。"路平感到很温暖。

"可不是嘛，我这个做儿子的都吃醋了。"哈库笑着说。

"啥也别说了，你这个兄弟我是交对了。还是那句话，你母亲就是我母亲，你的事就是我的事。"路平把酒杯添满，举起杯子说，"来，干了。"

巴图傍晚放学后，直接回家了。他看到饭桌前坐着两人，一个是路平叔叔，一个是爹爹。桌子上摆着三碗煮熟的饺子。饺子是路平昨天包的，包得多，剩下很多，他怕放久了味道不好，就回去打包拿过来了。他回去的时候，顺便把鹿皮手套和护膝还有半块奶酪，也一起带走了。

"巴图回来了。"路平招手说，"快过来，吃饺子喽！"

"就等你呢，"哈库说，"先去洗洗手。"

巴图放下书包，洗了手，坐了过来。

"你们又喝酒啦？"巴图闻到浓重的酒味儿，使劲吸了吸鼻子。

"喝了一点儿，快吃饭。"哈库把筷子架在巴图的碗上。

三人拿起筷子低头吃着饺子。白菜猪肉馅的饺子，散发着肉香和清淡的菜香。

巴图夹了一个饺子，咬了一口，一边嚼一边说："爹爹，听路平叔叔说，你在山上抓了一个盗猎贼？"

哈库喝了一口饺子汤，说："是有这事儿。"

"你把他交给警察叔叔没？"

"交了。"哈库说。

"警察叔叔表扬你了吗？"巴图又问。

哈库先是一愣神，随后才说："啊，是啊，表扬了。"

"说说你吧，"路平呼出一口热气，用筷子尖儿指指巴图，"又挨老师的凿栗没？"

"没有。"巴图回答得理直气壮。

"哦？"路平说，"真的没有吗？"

"真的没有。"

"为啥？"

"因为老师今天没让我背课文。"

巴图每逢在课堂上背课文总是卡壳，明明会背，被老师一点名，就背不出来了。为此，他没少挨老师的凿栗。

"怪不得。"路平点着头说。

吃完饭，哈库和路平出门了，巴图则留在家里写作业。平时哈库都是在巴图睡下后才出门，但今天不同。今天有路平在，路平要请他去酒馆喝酒，他不好让路平一直等着。

外面起了风，西北风在呼啸。地上的浮雪被风吹起，飘荡在空中。风往人衣缝里钻，凉丝丝的。两人裹紧大衣走在路上。他们走到之前那个三岔路口，那里聚满了人。有人在做泼水表演。是希波儿。希波儿手里拿着一只水瓢，一大桶沸腾的水放在他面前，他从雾气蒸腾的水桶里舀起一瓢热水，奋力向空中一洒，瓢泼出去的水珠瞬间在半空凝结成晶莹剔透的冰碴儿，美丽耀眼，而后又噼里啪啦砸落下来。围观的人群里爆发出一阵热烈的叫好声。哈库看到了五个陌生人。路平凑在哈库耳边低声说："喏，这几个就是我说的，第一批来咱镇上的游客。希波儿这表演八成就是给他们看的。他们中有人是写旅游文章的。耳朵上别着一根烟那个就是写旅游专栏的，旁边穿浅黄色冲锋衣的是他女朋友。"

耳朵上别烟的那个男人看到哈库后，两眼发直，他看上了哈库身上穿的水獭皮冬袄。他对一切有民族特色的东西都感兴趣。哈库一走近，他就凑了过去，主动和哈库握了握手，他的手掌冻得冰凉。他自我介绍说："我叫林德奇，是个专栏作者。"

"你好。"哈库说。

林德奇盯着哈库的水獭皮大衣看了一会儿，说："你身上这件皮衣很特别，没猜错的话，应该是水獭皮。是真皮吗？"

"是的，"哈库说，"那时还没禁猎。"

"赶在禁猎前我们就应该来一趟，"林德奇说，"可是我们都不知道有这么个地儿。直到最近听说这里要搞开发，才算是知道。"

随后，他让他的女朋友掏出相机给他和哈库拍了张合影。接着，他们把相机放在支架上，在场的所有人站成前后三排，来了个大合影。背景是冰原镇空荡荡的主干道，通往妮娜酒馆和塔吉克酒馆。塔吉克酒馆的老板希尔汗今晚又组织了一场拳赛，为的是给第一批游客留下特殊印象，好让他们写成文章做做宣传，搞些噱头，所以照完相后，大伙儿排成一条长蛇，纷纷走向塔吉克酒馆。半路上，路平硬拉着哈库拐去了妮娜酒馆，哈库一看到妮娜酒馆就慌乱，他耳边还回荡着阿拉尔大爷的劝诫声。他想转身跑开，不去妮娜酒馆，路平却紧紧攥住他的胳膊不放："我非拉你去见妮娜姐不可，她想见你。你别想再躲着她了。"两人僵持不下。

妮娜在酒馆里看到了这一幕，她推开窗子，打趣地喊道："怎么，就这么怕见我？"

哈库尴尬地红了脸。路平在一旁帮腔："就是！真不知道你哈库这几天着了哪门子的道！"哈库见事已至此，不好再多说，顺从地跟着路平进了酒馆。

酒馆里空无一人，每逢塔吉克酒馆办拳赛，妮娜酒馆生意都是如此冷清。路平和哈库在靠窗的位置面对面坐了，妮娜则一如往常地坐在哈库边上。

妮娜冷静地盯着哈库，质问道："我怎么感觉你老是在躲我？"

"没有的事儿。"话虽这样说，可哈库的眼神有些躲闪。

"没有的事儿？"妮娜说，"我刚刚可都看见了，是路平死拉硬拽把你带过来的。怎么，我这酒馆就那么不招人待见吗？"

哈库看着窗外道路上过往的行人，叹了口气，说："既然你都看见了，我也不知道该怎么说了。"

"说吧，是不是又有人在你耳边吹冷风了？"

哈库霎时转过头，望着妮娜那双黑亮的眼睛，心想："妮娜啊妮娜，你果然聪明。"但哈库没有回答她。妮娜立即明白他是默认了。

"我说呢，"妮娜剜了哈库一眼，讥讽道，"我说你哈库怎么突然躲着我了，原来是被人吹了耳边风！"

哈库无法回避，他静默着，听任妮娜戳穿自己，浑身却逐渐放松下来。哈库感到前所未有的轻松自在，连日来一直压在心头的乌云，也在这一刻豁然消散。

"我猜啊，"妮娜说，"在你耳旁吹风的人，一定是你敬重的人。要不然，你也不会这么在意。我猜得没错吧？"

哈库未置可否。过了半晌，他讨好似的凑近了妮娜，赔笑道："你是酒馆老板娘呢，我和路平都坐了这么久，也没见你给我们上酒，不合适吧，失职了吧？"

路平一看气氛转暖，就插嘴道："妮娜姐，你说得都对。错的是哈库，他不该在意别人的说三道四。我想他是知道错了，你大人不记小人过，这次就别跟他一般见识了。你给我们打点儿酒，我让哈库给你赔三杯酒，你看成不成？"

他们俩这一唱一和把妮娜逗乐了。

"你们俩，每人都要自罚三杯。"妮娜笑着说。

"怎么，"路平故作无辜说，"我也要受连累啊？"

"那可不嘛，你是哈库的好兄弟，他犯了错，你也脱不了干系——谁让你不给我好好盯着他呢！"妮娜扬着下巴瞪着路平说。

"听见没，哈库？"路平转而对哈库道，"你以后可不能再惹咱妮娜姐生气啦，否则连我也跟着遭殃。"

妮娜去了柜台拿酒。

"你知道吗？"路平说，"希尔汗买了一块地。"

"买地干吗？"哈库掏出一根烟点上，吸了一口问。

路平也从口袋里掏出烟点上。

"盖客栈。"路平把烟灰弹在桌上的烟灰缸里说，"要盖一个上下层的客栈。"

"用来招待游客的？"

"说对了。"路平吐了口烟，清一清嗓子说，"他把客栈名字都想好了。"

"什么名字？"

"冰原驿站。"

"名字起得不错。"哈库点头说，"很适合咱冰原镇。"

"他让我帮他建房子，因为我以前干过，有经验，可我没去。我想先歇一段时间，不想太累。"路平说，"正好这段时间我可以休整休整，看看诗集，写写东西。"

"休整好了呢，总要干点儿啥吧？像咱们这些没经商头脑的人，该如何生存呢？"

"开菜馆，卖手工特产，再不济就当个护林员，整天在森林小道里瞎转悠，工资不多，但也落个清静——图清静的话，可以考虑干这个。听说护林员要扩招了，招收的对象就是咱们这些林场退下来的伐木工。"

"你想好没有，要去干护林员吗？"

"你干我就干，你不干我也不干。"

妮娜端来一个托盘，盘子里放着一瓶自酿的烧酒，还放着六个小酒盅，酒盅里都倒满了酒。妮娜把托盘放在桌上，看看他们俩，说："这瓶酒不让你俩花钱，算我送的。"

路平赶忙道："妮娜姐，说好的我请呢！别忘了，我领了稿费呀。"

"你不说谁也没忘，"妮娜说，"就你那点儿稿费，省省吧！"

"少是少了点儿，"路平挠着头，硬气地回应道，"可请喝酒还是请得起的。这一瓶就算啦，下一瓶可要我请啊。我和哈库今晚要好好喝一顿，一醉方休。"

"你俩自觉点儿，"妮娜指一指那一排盛满酒的酒盅，看了看哈库，又看了看路平，说，"别啰唆，喝吧。"

二人识趣地端起酒盅，分作三次喝干了。

"一喝就知道是妮娜你自己酿的酒。"哈库吸溜了一下嘴，把酒盅放下，说，"味道醇，度数高。"

"高，真高。"路平揉了揉眼睛，皱着眉头，"辣得我眼泪都要流出来了。"

"现在禁伐了，"妮娜正色说，"你俩有啥打算？"

"刚才我和哈库还在说呢，这镇上聪明人开菜馆的开菜馆，开旅店的开旅店，就数我俩没追求，干个护林员就知足了。"路平说。

"护林员能挣几个钱儿，够你俩每月的烟酒钱吗？"妮娜说。

"那你有啥好主意？"路平说，"说来听听。"

妮娜侧着头看着哈库，用商讨的语气说："不如咱们三个也合伙开个客栈，我把我这个酒馆拆了重建，要建得大一点儿，把周围的闲地全用上，建两层。上面那层做招待客人的客房，下面这层还经营酒水，让妮娜酒馆变成妮娜客栈。到时咱们三个共同出资，共同管理，你们看怎么样？"

哈库没言语，托着腮帮沉思。他知道妮娜的意思。首先，妮娜拉他和路平入伙儿开一家客栈，这样他以后无论多么频繁地出入妮娜客栈，都合情合理；其次，妮娜是真心为他和路平谋更好的出路。

"妮娜姐，你不是不知道，我手里哪有啥存钱啊？"路平为难道，"我就是想入伙儿，也没那个闲钱啊！"

"这个你不用担心，"妮娜说，"你们两个意思意思就行，钱的事儿我来想办法，你们不用操心。现在，我只要你们给一个明确的答复。"

"哈库，你是怎么想的？"路平试探着问。

哈库把烟蒂捻灭在烟灰缸里，坐直身子，缓声说道："我再想想。"

"你还想个啥，别想了。"路平急于促成此事，他明白妮娜的心意，不想让哈库辜负了妮娜的一片苦心，"妮娜姐是在为咱们着想，咱们要领情，不能不知好歹。"

"你我没有做生意的经验，管理不来客栈啊！"哈库心下有些松动。

"那个可以慢慢学，不急。"妮娜打消了哈库的顾虑。

"就是啊，"路平顺着妮娜说，"那些都不是问题。咱妮娜姐有头脑，会做生意。她主持大局，咱们干些粗活儿笨活儿，总是可以的。"

哈库若有所思地点点头。

"那可就这样说定了，"妮娜趁机说，"不许再反悔。"

哈库抬头与妮娜对视了一眼，妮娜从他的眼神中看到了难得的肯定答复。她脸上现出一抹笑意，心里暖意融融：他终于肯向她迈近一步。她拿起烧酒瓶，把三个酒盅满上，说："喝了这口酒，就是一条船上的人了，不能中途下船。要是不想上船，现在还来得及，不端酒盅就可以。"

路平率先端起酒盅，妮娜也端起了，哈库也跟着端了起来。三人的酒盅碰在一起，发出悦耳的叮当声。他们喝下酒，放下了酒盅。

路平看瓶里的酒所剩不多，愉快地说："妮娜姐，去，再拿一瓶白酒来。再切一盘牛肉、一盘猪耳朵，再来一盘凉拌黑木耳，清清嘴，你这酒也太辣了。"

"好嘞，"妮娜站起身拿腔拿调地说，"您二位客官请稍等。"

哈库摇着头笑了起来。妮娜用手指轻轻点了一下哈库的脑袋，满面欢喜地走开了。

浓浓的夜色笼罩着大地，天黑了下来。

哈库又点上一根烟，看向窗外。

"外面什么也看不到了，今晚没有月亮，也没有星星。"哈库说。

"是啊，估计又要下雪了。"路平说。

"昨天夜里我在想一个问题。"哈库深深吸了一口烟，转过头，平静地看着路平，"之前我一直忽视的问题。"

"啥问题？"路平感到好奇。

"我在想，如果我死于那个盗猎贼的猎刀下，"哈库隔着衣服指着自己的伤口，十分认真地说，"猎刀再偏一厘米，我就有可能丧命，这完全有可能。我在想，如果我被刺中了要害，在我临死的那一瞬间，会有什么遗憾吗？"

"有，肯定有的。"路平接着说，"你不能亲眼看到巴图长大成人，不能为自己的母亲养老送终，也不能再和我这个兄弟喝酒谈天了。"

"不仅如此，我想我还愧对一个人。"哈库说，"妮娜，我愧对她。同样，她也愧对我。我们年轻时的事你知道，我跟你说过。她想弥补，她想偿还，她想把亏欠我的还给我。现在反倒是我不冷不热的，不能给她一个确切的答案。我明明在乎她，可又顾忌太多，顾忌旁人的流言蜚语，顾忌旁人的议论和看法，却从来没有考虑过妮娜的感受。旁人的一番话就能让我动摇和躲避，只留妮娜一个人去承受，承受生活的重担，承受内心的孤苦，承受旁人捕风捉影的指责。我觉得自己太懦弱了，太愧对妮娜了。"

"你终于肯承认了。"

"是啊。"哈库说，"就在刚才，就在妮娜转身的那一瞬间，我想通了。我已下定决心，我要和她在一起，帮她分担生活的重担，与她一起承受旁人捕风捉影的指责，分享她的喜怒哀乐——"

"好样的，哈库！"路平兴奋地说。他把烧酒瓶子里剩下的那点儿酒倒在了酒盅里，刚好倒满两酒盅。"来，我敬你。"

"你也明白我的顾虑。"哈库放下酒盅，说，"是瓦沙。他是唯一的障碍。他就像一条河，横在我和妮娜之间。我以为这条河一天不干涸，就一天不能到对岸。我只能在岸边徘徊。哪儿想到事情还有转机！"

"啥转机？"路平眼睛眨也不眨，急迫地问。

"虽然这条河还没干涸，可是已经完全冻住了，"哈库继续说，"结了厚厚的冰。我可以穿河而过。"

"你的意思是？"

"瓦沙现在像木头一样躺在床上，除了眼睛能眨，其他哪儿也动不了。他就像完全冰冻住的大河，已经丧失了河流的气势。他无法再迎来他的春天，只能在无尽的寒冬里慢慢消逝。他不能再给妮娜带来温暖的气息，不能完好地回到她的生活里。她肩上的担子，他也无法分担。甚至可以说，他成了妮娜的负担。除了要忙于生计，妮娜每天还要给他喂吃喂喝、端屎端尿、擦洗身子、换洗衣服，她很辛苦。"

"谁都知道她很辛苦，可是又能有啥好办法？"

"有办法了。"

"啥办法？"

"先离婚，后结婚。"

"先离婚，后结婚？"

"没错，让妮娜先和瓦沙离婚，我再和妮娜结婚。"哈库欣喜道，"这样一来，我和妮娜就能名正言顺地在一起了，别人也无法再说三道四。"

"好主意啊！"路平激动地拍着桌子说，突然，他又有些自责，

"是个好主意，可我之前怎么没早点儿替你想到呢！"

"我也是才想到。"

"那瓦沙怎么办？"冷静下来后，路平问道。

"自然还是由我和妮娜照顾，我们不会抛弃他。"哈库说，他无奈地笑了笑，"我哈库上辈子肯定是欠他的，这辈子才和他纠缠不清。他先是从我这里夺走了妮娜，现在又大爷似的躺在那儿等我们照顾。唉，上辈子绝对欠他了。"

"欠谁啊？"妮娜端着两样菜，掀开厨房的棉布帘走了出来。

"没谁，没谁。"哈库说。

他从妮娜手中接过菜盘，一样是切成薄片的牛肉，一样是凉拌木耳。

"先上两样菜，你们先吃着。"妮娜把围裙解开，丢在邻桌上，"还差一样猪耳朵，也快好了。"

"还有一瓶白酒。"路平提醒说，"拿两个大点儿的杯子，这酒盅可以撤了。"

"你还能喝啊？"妮娜一边收拾桌上的空酒瓶和酒盅，一边说，"再喝你就醉啦。"

"人逢喜事精神爽，千杯也不醉。"路平有感而发，"妮娜姐，你留下一个酒盅，陪我们喝点儿，反正今天也没生意。"

妮娜留下一个酒盅，再次进了厨房。

"来，咱先吃着。"路平把菜盘上的筷子递给哈库。

哈库接了，夹一片牛肉填嘴里。

"你这个主意不错，妮娜姐会同意的。"路平嚼着清脆的木耳和洋葱，接着刚才的话，"你打算啥时候跟她挑明？"

"最近吧，"哈库放下筷子，抽了口烟，说，"我回头单独找她聊聊，听听她的意见。"

"她肯定会同意的。"路平说。

"那也不一定啊，任何事都没有那么绝对。"

"那倒也是。不过，她同意的可能性很大。"路平凑近哈库，压低嗓音说，"要不待会儿我探探她的口风？"

"没必要。这事儿今天先不提。"哈库说，"回头我亲口给她说。"

"也好。"路平回身靠在椅背上。忽然，他又想起什么，说："对了，哈库，有件事你还不知道吧？"

哈库续上一根烟，说，"什么事？"

"咱老母亲的猎民点被划为游客观光景点了。"

"什么意思？"

"就是说，那些远道而来的游客，除了来咱镇上观光游玩之外，还要去山上咱老母亲的猎民安置点。"

"去那儿干吗？"

"据说是为了体验民族特色。"

"特色？"哈库喃喃道。

"是啊，"路平解释说，"就是用咱当地最古老的特色招徕游客。山上的驯鹿是特色，爬犁是特色，游客来了，可以骑驯鹿，也可以坐爬犁。外地人不叫爬犁，叫雪橇，他们没坐过驯鹿拉的雪橇，来了总得体验一下。镇长说，以后每年冬天都要在猎民点举办雪橇大赛。还有啊，咱老母亲这下也要成热点人物了，她的生活方式，吃的、喝的、穿的、住的都和现代人不一样。她是部落里最后一位萨满，还过着传统的游牧生活，也是吸引游客的亮点。"

"你在谁那儿听说的？"哈库难以置信，"真的假的？"

"你别管我在谁那儿听说的，总之假不了。"路平很有把握地说，"板上钉钉的事儿。"

"她在山上不下来，就是图个清静，这下可好。"哈库有些替母亲担忧。

"就看老人家的态度了。过几天镇上有人会去找她老人家商量，如果她不同意，镇上也想了对策。"路平说。

"什么对策？"

"再设一个猎民点。从镇上自愿搬上去几户人，住进营帐里，养上驯鹿，穿起民族服饰。总而言之就是回归自然。"

"又回到过去了？"

"有一点还是不一样的。"

"哪一点？"

"禁猎了，不能用枪啊。"

"那有人愿意回去吗？"

"大有人在。"路平说，"能赚钱的买卖谁不愿做？"

妮娜把菜上齐了，酒也上了。她在哈库旁边坐下，打开新上桌的白酒，把两个酒杯斟满，又把她那个酒盅斟满。她举起酒盅示意："来，我陪你俩喝一个。"

闻言，哈库和路平各自端起一个酒杯，与妮娜碰了杯，一饮而尽。

三人围着靠窗的桌子坐着，喝着，聊着。不知不觉，酒瓶见了底。路平的酒量本就不好，第二瓶白酒见底后，他只觉得头晕眼花，睡意浓浓。后来他实在扛不住了，便趴在桌上，枕着一只胳膊打着响亮的呼噜，睡着了。

妮娜醉了，两腮绯红，醉眼蒙眬，浑身软绵绵的。她不由自主地靠在哈库的怀里，闭着眼睛，下意识地伸出一只手抚摸着哈库发烫的脸颊。她自言自语似的说："哈库，我有好多话想对你讲，可一时不知该从哪儿说起。我只知道，我妮娜最对不起的人，就是你，就是你哈库。我亏欠你。我……"

哈库双手紧紧抱着妮娜，把她搂在自己厚实的怀里。他没醉，很清醒地听着妮娜的醉言醉语，心里五味杂陈。他把鼻尖抵在妮娜的发间，嗅着她淡雅的发香，怀念起少年时光。

窗外，夜色浓重。

哈库紧紧抱着妮娜，没留意窗外。夜色浓稠，大雪即将来临。哈库不会发现，窗外的那条道路上，不知何时起站着一个人。他站在夜色中犹如鬼魅，将酒馆里的三个人看得分明，身上散发着淡淡的木屑味儿。

妮娜想起了什么，猛然从哈库怀里抽身坐起，感到一阵眩晕。她揉着太阳穴，说："我想起一件事。"

"什么事？"哈库追问。他不知道什么事情能让妮娜这样重视。

妮娜一边整理着凌乱的头发，一边迷迷糊糊地回答："我差点儿忘了，今晚还没给瓦沙煮奶茶。平时，每天晚上我都要给他喝一杯鹿奶茶。"说完，她摇晃着走向厨房。哈库赶过去挽着她，以防她跌倒。哈库走在前面一点儿，抢先掀开棉布门帘，两人一起走了进去。

妮娜已经喝醉了，哈库自然不会让她煮奶茶。她要做的事，他都代劳了。在妮娜的指示下，哈库找到了奶酪和茶叶。他在锅里多添了两勺水，心想多出来的奶茶可以给妮娜喝，刚好给她醒醒酒。哈库坐在灶前的矮凳上，往火膛里添柴火，妮娜坐在他身边。她靠在哈库的肩头，半睁着醉眼望着火苗。

奶茶有两杯。哈库让妮娜留在厨房，他去喂瓦沙喝。妮娜同意了。她的双腿似乎灌了铅，越来越沉，几乎无法迈步。哈库把一杯奶茶放在灶台上，让她喝一些醒醒酒。妮娜嘱咐道："奶茶烫，你用勺子喂他。"哈库虽有些醋意，还是点头说："好，我知道怎么做。"他从筷子笼里抽出一柄小勺，放在另一个奶茶杯子里，掀开棉布帘走出了厨房。他刚走到瓦沙房间的门口，就听到身后传来妮娜痛苦的作呕声。他把奶茶杯子放在柜台上，转身快步走进厨房。

厨房里，妮娜抱着歪倒的泔水桶吐得一塌糊涂。看着妮娜，哈库心疼起来。他走过去扶起妮娜，轻轻拍打她的后背。地上一片狼藉，妮娜把胃里的东西吐得一干二净，喝下不久的酒、还没完全消化的食物残渣都吐出来了。呕吐之后，她感觉舒服多了，头脑也清醒了。哈库扶她坐下，拿扫帚清理地上的污秽。

哈库把一切整理好，挽着妮娜走出厨房。走到瓦沙的门前时，哈库想起柜台上那杯奶茶。他走过去端起奶茶，又走回来，陪妮娜一起进了瓦沙的房间。屋里亮着橘黄色的小灯，靠墙一侧摆着一张宽大的双人床，瓦沙盖着厚厚的棉被躺在床上，他只剩半截身子，棉被的下半部分没有支撑，瘪瘪的。

听到有人走近，瓦沙睁开了狭长的眼睛，面无表情，呆呆地看着哈库。

哈库在床沿坐下，妮娜坐在他身后。

哈库看到桌上有一条湿毛巾，就拿起来给瓦沙擦了擦脸。

他说："瓦沙，我来看你了。你还好吗？"

瓦沙直勾勾地看着他，像是有话要说，嘴唇微微颤动，却说不出只言片语。

哈库叹息一声，把毛巾丢回床头的小方桌上。他从桌上端起奶茶，拿勺子搅动着，奶茶已经不烫了。

"我来喂吧。"妮娜在他身后轻声说。

"没事儿，就让我来吧。"哈库说。

哈库欠着身子，耐心地把奶茶一勺一勺喂给瓦沙。瓦沙配合着一口一口地喝，他像是回想起什么，莫名很动情，眼角淌出两行热泪。

第二天早晨，瓦沙死了。

第十一章

杀人者

***

　　刑警老胡无意中目睹了瓦沙的死状，凭着多年的办案经验，他一眼就看出瓦沙并非自然死亡，而是死于中毒。随后他叫来相关人员，剖腹取样化验，最终结果证实了他的猜测，瓦沙确实死于中毒。毒物是百草枯。百草枯是农药，冰原镇没人以农业为生，没人会买百草枯，几乎没人听说过"百草枯"这三个字。百草枯属于剧毒农药，对人体危害极大，只要五毫升即可导致肺部纤维化，随后慢性死亡。瓦沙瘫痪在床，丧失了自主能力，自然也排除了自杀的可能性。瓦沙的死，谋杀的嫌疑最大，最为明显。

　　瓦沙在世时从没有得罪过什么人。他虽然性情孤僻，寡言少语，但没有与人结过梁子，闹过争执，不至于遭人谋害。再说，谁会忍心对一个瘫痪在床的人下黑手？！然而，瓦沙的确死了，并且死于非命。那么谁是凶手？置他于死地，谁能从中获益呢？镇上的居民议论纷纷。

　　哈库与妮娜的暧昧传闻早已人尽皆知，他们二人年轻时有过恋情，因为瓦沙的介入而被迫拆散。这桩谋杀案会不会是哈库和妮娜合谋干的？毕竟，哈库已鳏居多年，妮娜的男人瓦沙又半死不活地瘫在床上，二人有没有可能旧情复燃，联手策划了这桩杀人案？也有可能是其中一人在另一人并不知情的情况下杀死瓦沙的。当然，也不排除其他人员涉案的可能，只是相对来说，哈库和妮娜的作案动机更大。更何况当天晚上，是哈库和妮娜给瓦沙煮的鹿奶茶。

案发当天夜里下起了雪，直到天色大亮，雪依然很大，丝毫没有要停的意思。鹅毛般的大雪纷飞，落满行人的肩背。哈库跟在传唤他的办案民警身后，步履沉重地低头走着。只隔了一天，哈库就再次进了林场派出所。只是这一次，他是被密切监视的嫌疑人，不再是证人。

在一间空荡冷清的讯问室里，妮娜蜷缩在坚硬光滑的红漆椅子上。她嘴唇冰凉而苍白，脸色也是如此。她头发散乱，双臂环抱，浑身不住地颤抖，宛若一只恐惧无助的小鹿。对未知的恐惧，对瓦沙之死的恐惧，吞噬了她的身心。她思维混乱，回答问题前言不搭后语，讯问一度中断。负责讯问的刑警老胡给她冲了一杯红茶，递在她手里，她下意识地抓住杯子，紧紧攥在手中，紧绷的骨节惨白，正如屋内墙壁的颜色。时间在悄无声息地流逝，她的手心慢慢有了温度。她捧着杯子咕咚咕咚喝了好几口，身体有了些暖意。过了一会儿，她没有那么心慌意乱了，逐渐镇定下来。她意识到，她的每一句话都会成为呈堂证供，必将有一人受到法律的严惩。在她看来，这个人就是哈库。除了哈库，她想不出还有谁会害瓦沙。

这时，一个办案民警走了进来，在老胡耳边嘀咕了几句，老胡点着头，目光转向妮娜。他轻咳一声，再次开口询问："再向你确认一遍，昨天晚上，酒馆里只有你们三人？"

妮娜木讷地点点头。

"是，还是不是？"

"是的，只有我们三个。"

"中间有没有外人进入你的酒馆？"

"没有。昨晚塔吉克酒馆有拳赛，酒客都去希尔汗的酒馆了。"

"是谁煮的奶茶？"

"我和哈库。"

"路平呢？"

"他喝多了，趴在酒桌上睡着了。"

"也就是说，他没有参与此事？"

"是的。"

"是谁喂瓦沙喝的奶茶？"

"是哈库。"

"现在我们可以断定，昨晚你们给瓦沙喝的鹿奶茶里有百草枯成分。喂瓦沙喝茶的杯子、勺子，还有丢在酒馆后面的百草枯瓶子，就是毒害瓦沙的物证。我们要问的是，你可知道那瓶百草枯的来源？"

"不知道。"

"你买过百草枯吗？"

"没有。"

"那瓶百草枯和哈库有什么关系吗？"

"不知道。"

"你是否看到过哈库随身携带那瓶百草枯？"

"没看到。"

"哈库跟你提起或者暗示过他买了毒药吗？"

"没有，他没有提起过。"

"那好，我们接着之前的说。根据你的供述，你说哈库第一次端着奶茶离开厨房时，走到中途，听到你呕吐的声音，就把奶茶杯放在酒馆柜台上回厨房照顾你。这期间，他的神色、行为、言语有什么异常吗？"

"没有。"

对妮娜的讯问还在继续。

大约过了两个小时，妮娜从讯问室里走出来。看到妮娜走出来，等候在外面的民警站起身，带着哈库往里走。在光线晦暗的走廊里，哈库与妮娜擦肩而过。妮娜停下，红肿的眼睛一眨不眨地盯着哈库，眼中饱含泪水、恐惧、疲惫和疑问。哈库不敢与她对视，她的样子让哈库心如刀割。

讯问室内，哈库坐在椅子上，他能感受到妮娜残留的温度。

老胡眯缝着笑眼说："哈库，咱们又见面了。"

哈库面无表情地点点头，双手平放在膝盖上。

"昨晚睡得还好吗？"老胡试图说点儿题外话，让僵硬的氛围缓和下来。

"喝了酒，回去就睡下了。"

"几点回去的？"

"十一点。"

"夜里十一点？"

"是的。"

"想必你也知道了，今天早晨，瓦沙死了。"

"听说了。"

"你知道他是怎么死的吗？"

"知道。中毒死的。"

"他的死和你有关吗？"

"有。"

老胡惊诧地转身与执笔记录的常生对视了一眼，然后坐正身子，望着哈库继续说："说说，有什么关系？"

"是我害了他，我不该给他喝那杯奶茶。"哈库直愣愣地盯着地板，一脸懊丧。

"那杯奶茶里的毒药是你投放的？"老胡试探着问。

"不，不是。我并不知情。"哈库断然否决。

"你有没有在杯子里下毒？"

"没有。"

"当时酒馆里只有你、妮娜、路平三个人吗？"

"还有瓦沙。"

"不包括他。"

"是的，只有我们三个。"

"其间有人进来吗？"

"没有。"

"是谁给瓦沙煮的奶茶？"

"是我。"

"当时妮娜在干什么？"

"她喝醉了，倚在我身上。"

"她有什么反常行为或言语吗？"

"没有。"

"她向你暗示过什么吗？"

"没有。"

"她在你面前提到过毒药之类的字眼吗？"

"没有。"

"你在妮娜家里看到过那个毒药瓶子吗？"

"没有。"

"你们煮奶茶的时候，路平在干什么？"

"他在睡觉。"

"在哪儿睡的？"

"趴在酒桌上。"

"是谁给瓦沙喝的奶茶？"

"是我。"

"为什么不是妮娜？"

"她已经喝多了。"

"你端着奶茶第一次走出厨房时，是不是中途又折回了？"

"是的。"

"为什么？"

"我听到妮娜的呕吐声，就放下茶杯回去看她。"

"你把奶茶杯放哪儿了？"

"放在酒馆的柜台上。"

"你后来回到柜台时，杯子有没有被动过？"

"没有发现异常，和之前摆放的位置一样。"

"杯里的奶茶有没有多出来？"

"我没留意这个。"

随后，老胡又提出了很多问题，偏于男女之情。比如妮娜和瓦沙的感情如何；对瓦沙，妮娜有没有表现出厌恶或者不满的情绪；哈库与妮娜是否像外界传的那样暧昧；哈库与瓦沙曾经有过哪些矛盾，是否对瓦沙心怀憎恨。哈库一一做了回答，但他回答得很简洁，他不想过多谈论这些私事。

哈库离开派出所后，常生突然凑近老胡说："依我看，他在撒谎。"

"怎么，你看出哪里不对了？"

"那倒没有，就是觉着是他干的。你想想，事情明摆着呢，除了他，还能有谁？路平和人家瓦沙无冤无仇，压根儿没有杀人动机。妮娜再怎么着，也不会杀害自己的丈夫吧！我还听说，妮娜对她男人瓦沙可谓关怀备至，瓦沙瘫了这三年，她细心照料，没有一丝一毫的怠慢。虽然谣传说她和哈库有更深一层的关系，但大家毕竟没有亲眼看到，不足为信。就算果真如此，她也没有必要杀害自己的丈夫。一日夫妻百日恩，她能下得去手？三人之中，我看哈库的嫌疑最大。除掉瓦沙，他有利可图。他不是一直喜欢妮娜吗？除掉瓦沙，他就可以名正言顺地和她在一起了。他有杀人动机。何不先把他拘留了？"

"小常啊，你还是太年轻。"老胡端起搪瓷杯喝了一口茶水，他把涌进嘴里的茶叶吐出来，提醒道，"办案子是要讲究证据的，不能凭空瞎猜。拘留他，有证据吗？没有。没有目击证人，毒药瓶子上没有留下指纹，现在没有证据表明他就是真凶，拘起来为时过早。至于谁是真凶，还需要进一步调查，调查的范围要扩大，要全镇挨家挨户仔细排查，不漏掉任何一个获取证据的来源。做刑警不是个爽快活儿，要有足够的耐心，有些案子不是一天两天就能摸透的。"

常生转着记录笔，皱眉思索道："如果另有其人的话，那这个凶手可真是够狡猾的。赶上下雪天，又在拳赛当晚，没有任何人注意到他，作案现场没有留下任何蛛丝马迹，药瓶上也没有任何线索。毒药的选择也别有用心。"

"是的，你说得对，的确是别有用心。"老胡分析说，"他并非想要瓦沙立即死掉，所以才选择了百草枯。他投毒的剂量有所控制，但没控制好，他高估了瓦沙的身体。他预想的是投毒后七天或者更久瓦沙才毒发身亡，那样关于他的人证、物证会更少。没想到的是，瓦沙的身体过于羸弱，不堪一击，第二天早晨就死了。"

"他会是谁呢？"常生好奇地问。

"法网恢恢，无论他是谁，早晚都会被揪出来。对了，市刑侦科的人今天能到吗？"

"到不了了。"常生把讯问笔录装进档案袋里说。

"怎么回事？"

"大雪封路，常有的事儿。"

有人进来报告，找到路平了。

"他在哪儿呢？"老胡问。

"在犴湖，看人捕鱼呢。"那人说。

"快，快传唤他。"

"已经派人去了。"

乌云笼罩，天地间一片晦暗，大雪不停地下着，路上堆积了厚厚的一层雪。路上行人稀少，有人迎面走来跟哈库打招呼，他没有表现出该有的热情，只是生硬地点了点头作为回应。对方看他这么冷漠，也就不再搭理他。哈库情绪低落，裹紧衣服闷头向前走着。他每走几步，就要点上一根烟。他抽得太凶了，一根烟几口就抽尽了，只得再掏出一根点上。他不顾喉咙和肺腑的烧灼，狠命地一根接一根抽着。只有烟草的麻醉，才能让他稍稍放松。

瓦沙死了。瓦沙竟然死了！

哈库曾经想过瓦沙死的这一天，但只是想想，当瓦沙真的死后，他却感到莫大的失落、空虚、自责和怀念。年少时，他和瓦沙是无话不谈的好弟兄，没想到长大后却因为爱上同一个女人而反目。在最初三年，他对瓦沙视而不见，即使瓦沙讨好地给他递烟，他也从来不接。瓦沙夺走了妮娜，这是让他最难以原谅的。虽然失去妮娜，他得到了米娅，米娅治愈了妮娜带给他的伤痛，但他还是无法真正原谅瓦沙。他心存芥蒂，看到瓦沙就会莫名地窝火。到冰原镇后，妮娜开了酒馆，因为瓦沙，他几乎从不光顾。直到米娅去世，他才与瓦沙慢慢恢复往来。那时采伐点离镇子远，他去伐木，每次出门都要十天半个月，最少也要一周，不得不将巴图寄养在瓦沙家，由妮娜照料。那时镇上人少，酒馆生意不大好，没过多久，瓦沙就加入了伐木队。不知是有意还是无意，他被分到了哈库那一队。一想到每天都要面对瓦沙，与他同吃、同住、同劳作，哈库就高兴不起来。他的心结并未真正解开，像初春冷峭的冰河还飘荡着尚未融化的坚冰。他找了个理由调到了另一个伐木队，也就是安奇队长这支队伍。之后他再没离开，一干至今。瓦沙被树干砸倒那天中午，他听到了呼救声。瓦沙的队友奔跑呼叫着，一路跑到哈库所在的伐木点借马。他满头大汗，简要地说了瓦沙的情况，最后补充了一句："瓦沙伤势严重，恐怕凶多吉少，要赶快就医。"哈库的心突突跳着，他从没想过瓦沙会出事，愣在那里不知所措。安奇队长给那人牵来一匹黑色骏马，那人骑上马飞奔而去。那人走后，哈库无心伐木，他脑子里乱哄哄的，仿佛涌进了一窝马蜂。他对安奇队长说，要离开一会儿，去看看瓦沙。安奇知道哈库与瓦沙的恩怨，他不解地望着哈库："他不是你的死对头吗？你怎么关心起他来了？""我是对他不满，可在危难面前，那算得了什么？"哈库跳上一匹马，朝瓦沙出事的林地狂奔而去。瓦沙被桦树树干砸到了大腿，树干上分出的枝干砸到了他的头，头被枝干砸时撞到了石块上，鲜血从他的后脑勺流出。哈库赶到的时候，他们已经把他身上的树干挪开了。他面无血色地躺在地上，眼睛空洞地睁着，双手握成拳头放在胸口，似乎已经死去。那一刻，哈库彻底原谅了他。哈库哀号一声，甩开缰绳跳下马，扑过去牢牢地抱着他，喊他的名字，拍打他的脸，他毫无反应。滚滚热泪在哈库的眼眶里打转。队友们把两匹马套在马车上，哈库抱起瓦沙坐上马车，瓦沙一动不动躺在哈库的怀里，像个睡着的孩子。那是瓦沙离死亡最近的一次，虽然最终被抢救回来，可是他高位截肢，上身也再不能动弹，在哈库看来，那简直生不如死。

没想到这一次，瓦沙真的死了。

哈库再次体验到了锥心之痛，上一次体验到是米娅死的时候。他没想到瓦沙的死会让自己这么痛苦、失落，他之前一直以为瓦沙就算死了，也不会在他的内心掀起波澜。在瓦沙被医生宣告成为植物人的那刻起，在哈库的心里，那个真正的瓦沙、健全的瓦沙已经离去了。那一段时日他过得很苦闷，终日饮酒，长期旷工。他对着酒杯长吁短叹，缅怀从前那个完好的、健康的瓦沙，回忆他和瓦沙年少时的情谊。他们俩曾经形影不离，无话不谈，常常跟随大伙儿进山狩猎，打犴达罕，打狍子，打灰熊。那时猎物多，也没禁猎，他们可以痛痛快快地狩猎。那时他们还没闹僵，好到共饮一瓢水，共食一块肉——哈库无法面对双腿截肢、瘫在床上再也不能动弹的瓦沙，这不是他认识的那个让他爱恨交加的瓦沙，这样的瓦沙让他感到陌生、无所适从，仿佛那不是瓦沙，而是一个陌生人。在他心里，真正的瓦沙已经死在树下。可是，当瓦沙真的死去时，哈库还是痛不欲生。

哈库走到那个三岔路口，看到不远处有一个人形单影只地站着。大雪纷纷扬扬，那人几乎成了雪人。她应该在那里站了很久，头巾上、肩背上、衣袖上、裤腿上都落满积雪。哈库没太留意她，低着头继续走。

她等到哈库走近，猛扑上去，揪着他的衣领声嘶力竭地质问："是你吗？是你杀了瓦沙吗？"她是妮娜，一直在此等着哈库。

她使的力气很大，哈库的后脖颈被勒出一道白印。

哈库默不作声，望着她的眼睛。她在哭泣，泪水冲开脸上的薄雪，冲出两行水迹。他伸出手背给她擦眼泪，却被她一下推开了。

"你说话，你说啊，是不是你，是不是你？！"妮娜声泪俱下，使劲摇着哈库，"如果是你干的，我这辈子都不会原谅你！"

"你倒是说句话啊！你说啊——"妮娜擂着哈库，雨点般的拳头落在他的胸膛上。

哈库胸口的伤还未痊愈，拳头打在上面隐隐作痛。比起身体的伤痛，他的内心更加痛楚，如针刺刀捅一般。瓦沙死了，妮娜又陷入癫狂，哈库难以承受这样的现状。一切都会好起来的，每当遇到大的挫折，他总是这样安慰自己，试图减轻一点儿精神负担。他强行把妮娜抱在怀里，紧紧搂着她。她身上湿淋淋的，恐惧无助和寒冷让她浑身战栗。她趴在哈库结实的肩头上，呜呜地哭着，哈库还从来没见她如此脆弱，像一只朔雪中在森林里迷路了的小鹿。

洁白的雪花还在随风纷飞，却丝毫没有一丝浪漫的气息，有的只是凄凉和悲苦。

哈库回到家里不久，有两个年轻的警察来搜查。他们在哈库家待了两个多小时，一无所获地离开了。在离开之前，他们让哈库把身上穿的衣服脱下来，说是要取样检验。

妮娜酒馆被封了。

妮娜去了希尔汗家。希尔汗的妻子和妮娜关系向来很好，眼下妮娜只好暂住在她家里。没人知道妮娜何时可以回家，只知道要等市刑侦科的人，或许要等到调查完案发现场后。

巴图放学后，哈库给他张罗晚饭。他没做菜，只做了一锅瘦肉粥。他给巴图盛了一碗粥，放在饭桌上，却没给自己盛。父子俩无言地对坐。

哈库掏出烟来含在嘴里，盯着巴图面前那碗瘦肉粥发呆。过了片刻，他划燃火柴把烟点上。这时，他才留意巴图，巴图从进门起还没有说一句话，摆在面前的瘦肉粥也没吃一口。他问巴图："怎么不吃？"

巴图低着头，脸上没有一丝笑意，甚至有点儿恐惧和担忧。他犹豫了一会儿，缓缓开口说："爹爹，真的是你吗？"

"什么？"

"杀害瓦沙叔叔的人，是你吗？"巴图胆怯地看着哈库。

哈库一愣神，掉落一截烟灰："你听谁说的？"

"学校里的同学们都在说，说你是杀害瓦沙叔叔的凶手。"说着，巴图压抑已久的委屈的泪水夺眶而出。他一边用手背抹着眼泪，一边颤声问："爹爹，到底是不是你？"

哈库先是惊讶，继而愤怒，接着冷静下来。他把烟蒂丢在地上踩灭，伸出左臂，隔着桌面握住巴图的小手，右手叠放在巴图的手背上。他平静地望着巴图说："不是我，巴图。"

镇上所有人都怀疑哈库。

夜幕降临后，路平来了。他得知了瓦沙被杀这一消息。

他对哈库说的第一句话就是："是你下的毒吗？"

纷至沓来的质疑让哈库感到前所未有的疲累和寒冷。他爱的人质疑他，至亲的人质疑他，就连好兄弟也质疑他。他只是抽烟，对路平的提问闻而不答。他坐在椅子上，椅子离壁炉很近，他偎着壁炉，感受着火的温暖。此时此刻，只有壁炉里的火才能烤暖他的心。

"昨晚到底发生了啥？我睡着后到底发生了啥？"路平坐在另一把椅子上，距哈库不远。他面色急躁，想从哈库这里一探究竟："哈库，你说句话，到底是不是你？"

"是我又怎样，不是我又怎样？"哈库苦涩地说道。

"如果真是你的话，我也想好了对策，我替你顶罪。"路平真诚的目光注视着哈库，说，"只要能够保全你和妮娜姐，我路平上刀山下火海也在所不辞。只要你和妮娜姐能够平安无事，搭上我这条命我都觉得值当。"

"那一天永远不会来。"

第十二章

骑着鹿穿越森林

***

　　当天晚上，哈库做了一个梦。他梦到，在白雪皑皑挂满冰凌的森林里，一只白色的驯鹿款款而行，仿佛白色的幽灵，神秘、诡异。这只驯鹿孤独地在漫无边际的风雪中行进，它的毛发纯白，几乎与同样纯白的森林融为一体。它悄无声息地行进，身后是两行错落有致的蹄印。不知何时，驯鹿的背上坐了一个人。驯鹿是森林之舟，驮物资或者人都不足为怪，令哈库惊惧的是，驯鹿背上的那个人竟然是他自己。

　　驯鹿带着他穿过椴树林，穿过杉树林，穿过白桦林，来到一个浩渺的淡蓝色大湖边。湖畔有一位年迈的老妇人，她瘦弱矮小，穿着朴素，花白的头发挽成一双细辫子，垂在肩后。老妇人一步步向湖里走去，湖水漫上来，漫过她的膝盖，漫过她的腰身，漫过她的胸口……哈库下意识地唤了声："额尼。"那个妇人回过头，沟壑丛生的脸上挂着完满会心的笑容。她是依苦木——哈库的母亲，部落里最后一位萨满。她冲哈库轻轻地挥了挥手，决然地转过身，再次向湖中央迈进。她的身子逐渐沉没在冰凉的湖水中，消失了。哈库从驯鹿的脊背上跳下来，风一般扑向大湖，可是湖水与岸之间似乎有一堵透明的墙，任凭他拍打踢撞也无法突破。他眼睁睁地看着母亲没入水中，消失在波光粼粼的大湖里。

他从梦中惊醒，窗外天色已然发白，又是崭新的一天。

哈库穿上衣服起床，他脸色蜡白，满头虚汗，忐忑不安。湖畔之梦是他人生中最为恐惧的一个梦，已是第三次出现。他此前做过两次同样的梦。在第一次梦中，湖边的人是他的父亲吉登，年幼的哈库同样骑着一只雪白的驯鹿穿越白雪皑皑的森林，赶到湖畔，望着父亲一步一步向湖中走去。第二次出现在梦境中的是他的妻子米娅，她背对湖岸缓缓走进浩渺的大湖，直至没入湖中。凡是在哈库的梦中走向大湖的人，第二天便会传来他离世的噩耗。

哈库走到门口，哆哆嗦嗦地打开门，门前赫然站着一只驯鹿，脊背上挂满冰霜，白色的皮毛分外扎眼。他揉一揉眼睛，看自己是不是还在梦中。他再次向门前看去，驯鹿仍然立在那里，黑漆湿润的眸子与他对视，像诉说，也像安抚。他明白母亲已经离开了。这只驯鹿是来接他回山上的。眼泪如决堤一般汹涌而出，擦也擦不尽，揩也揩不完，他压抑着悲痛，像喝醉似的跌跌撞撞走出门。他扶着驯鹿硕大的犄角，骑了上去。驯鹿迈开健壮有力的四蹄奔跑起来，跑出冰原镇，跑入森林里。

（全文完）

人生即开放式

　　故事是虚构的，却是对现实的一种折射。我特意将虚构的东西与现实混杂着处理，即虚实结合。在时间上，我用了压缩的手法，使得故事里的时间更为紧凑，节奏也相应更快。故事的整体架构虽取材于鄂温克族的历史与现实，但通篇没有出现"鄂温克"三个字。写这篇故事，我的用意不是一一指对现实，不是写成严谨密实的史料般的东西，我意在写出一部涵盖面更广的东西，不一定是某一民族的某一风俗，它所致意的更广也更多。

　　故事虽则是虚构的，但其所要传达的东西是实实在在的，比如现代文明对古老文化的强烈冲击与颠覆，比如人类对自然环境的改变与破坏，比如对于爱情的抉择与忍受，比如命运的不可测。这些每天都在发生、上演，或者曾经发生过，这些是我对这个故事的一己之见。当然还有别的，我一时半会儿还无法想到更多，那要等着用心的读者自己去发现、领悟。作者与读者的关系就是这样，作者负责写他想象到的，读者去领会自己领会到的，二者的见解不一定非要严丝合缝。假若读者既领会到了作者想要传达的东西，又对故事拥有自己独到的见解，于作者而言，这是莫大的趣事与幸事！一个故事完成了，出版了，也就不再单单属于作者了，它属于每一位读到它的读者，对作品的解释权也不局限在作者手中了，而是在每一位读到它的读者心里。

写作此书，我的本意不是写破案的小说，我志不在此，也自觉暂时没有那么良好的推理能力。虽然故事的结尾发生了一件谋杀案，但这不是我能控制的——写着写着，事情自然而然地发生了。我认为，作家应该顺从故事里人物命运的走向，而不是对其做出强行的改变。并且，我觉得故事不一定非要有个大圆满的结局，在恰到好处的关头戛然而止，保留些悬念和想象也许更好，更有回味的空间或余地。我虽然没有直接交代凶手是谁，但留了点儿蛛丝马迹，可供读者去推敲、想象，这更有意思，不是吗？这个故事的结局是开放式的，人生也是如此，充满无数的变故与可能。读者自去动脑想象，安排符合自己心意的结尾，也许更有趣一些。

此书写于春天，完稿于夏天，我现在再次坐下来写这篇后记时，已是凛冽的寒冬了。此刻回想当初下笔时的感受，已经朦朦胧胧，记得不大真切了。灵感总是稍纵即逝的，写作也是如此。

人的心境时时刻刻都在变化，如果推倒重来，让我现在重新写作这篇故事，我是无论如何也写不出来了，当然也不会比现在写得更好，因为时过境迁，无法再写出类似的东西。这篇故事以及故事中的几个主要角色的出现，于我而言，是个意外，也是个惊喜。我很高兴在恰当的时间把握住了他们，记录下了他们，没有令其从我手中溜掉。

小托夫

2017年12月25日

　　在此特别要感谢联合读创的贾楠、张其鑫对此书的认可，以及简书的黄一琨、程欣、沙加为此书做出的奉献与努力，是他们让此书得以出版。